惑星カザンの桜

林　譲治

JN151276

地球から一万光年離れた惑星カザンで、文明の急激な成長と滅亡が観測される。すでにワープ航法を手にしていた人類が、急遽この星へと送り込んだ調査チームの750名は、到着後完全に消息を絶った。カザン文明はいかにして滅び、先遣隊はなぜ遭難したのか？　原因究明のため地球を出発した第二次調査隊は、文明の痕跡が残る衛星の調査ののち、厳重な警戒態勢のもと惑星地表へ降り立つ。降下メンバーには最愛の妻である蒼井をかつて喪った、カザン文明調査班班長・吉野の姿もあった――現代宇宙ＳＦの旗手が描く、緊迫のファースト・コンタクトＳＦ。

登場人物

●惑星カザン第一次調査隊

ジェームズ・ハリソン……調査隊長
サラ・スミス……副隊長
イ・ソヨン……カザン文明調査班・班長

●惑星カザン第二次調査隊

アンナ・ベッカー……調査隊長
吉野《よしの》悠人《ゆうと》……カザン文明調査班・班長
リー・高木《たかぎ》……同・副班長、イ・ソヨンの婚約者
エレナ・ビアンキ……惑星環境調査班・班長
ジュリア・コンティ……科学班・班長
アレックス・カレフ……惑星カザン降下拠点・警備主任
前川《まえかわ》伽耶《かや》……操縦士・機関士
加藤《かとう》黒巳《くろみ》……監査員
蒼井《あおい》……吉野の亡き妻

惑星カザンの桜

林　　讓　治

創元ＳＦ文庫

UNDER THE CHERRY TREE OF ALIEN PLANET

by

Jyouji Hayashi

2025

目次

惑星カザンの桜

1 到着

惑星カザン第二次調査隊の一員である吉野《よしの》悠人《ゆうと》が冬眠から目覚めた時、最初に視界に入ったのは、自分を収容しているカプセルの上蓋《うわぶた》だった。ワープ航法が実用化されたとはいえ、よほど近い星系でない限りは、航行中の乗員は低代謝生命維持装置のカプセル（医学的には不正確な表現と言われながら一般に人工冬眠装置、あるいは低代謝カプセルと呼ばれる）に収容されるのが規則となっていた。

低代謝カプセルでの恒星間航行など、多くても数回と言われている。吉野も今回が三回目だが、目覚めの気分はいつもながらすこぶる悪い。恒星間航行をするには事前に身体やメンタル面の検査が必要なのだが、それはこの気分の悪さから自殺したくなる奴《やつ》がいるからではないかと吉野は疑っていた。もっともある精神科医によれば、これくらい気分が悪いと自殺する気力さえ喪失するのだというのだが。

航行中のカプセル内は保護液が充塡《じゅうてん》され、宇宙線に含まれるガンマ線からの防御や、皮膚や骨格筋などの健康維持を行っているという。ただそれは意識が遠のいてから充塡され、意識が覚醒する前に排出されるので、液体に満たされているという認識を持つことはなかった。

吉野くらいの古参は知っているのだが、昨今のような低代謝カプセルの厳密な運用には、技術的な必然性はなかった。吉野も若い頃は植民星系の文化調査のために、三ヶ月かけて一〇〇〇光年先の惑星を訪ねたことがあった。三ヶ月くらいならカプセルに頼ることなく生活できる。だが、いまなら乗員全員が低代謝カプセルを強いられる。

こうした規則ができたのは技術的問題とは別の理由だ。ある時期に低代謝カプセルで他人より先に覚醒した個人やグループが宇宙船をジャックしたり、時には自分もろとも破壊するような犯罪が連続して起きたのだ。これらはどれも独立して起きた事件だっただけに、当局者は低代謝カプセルが犯罪に対して潜在的に脆弱性《ぜいじゃくせい》を持っていることを認識した。

結果的に、ある程度以上の遠距離航行では乗員全員が低代謝カプセルに入り、宇宙船の管理業務要員がチームごとに順番で覚醒することとなった……。

低代謝カプセルの歴史のような他愛《たあい》のない情報を思い出せたからには、覚醒は順調なのだろう。それは安堵《あんど》できる事実だ。多くの宇宙技術がそうであるように、低代謝カプセルでも事故は起こる。低代謝カプセルに入る前に身体検査が行われ、生命維持装置が働いている間もAIが監視し、異常が起きても早期に対処することで大事には至らないようになっている。それでも人間の作った機械であるから、非常に稀《まれ》だが重い後遺症を抱《かか》える事故が起こることもある。

意識が戻ってくるにつれて視界もかなり回復し、ぼんやりと明るく見えていただけのカプセルの蓋がモニターになっているのが認められた。身体の状況を表示し、あと三分ほどでカプセルが開くことを知らせている。微《かす》かに気体が漏れるような音が聞こえるのは、気圧の調整のためだろうか。

時間になりカプセルは開く。低代謝カプセルが置かれていたのは、ドーム状の空間で、天井一面に宇宙の景色が広がり、その中心に自分がいた。

「お久しぶり」

そう言って吉野がカプセルから降り立つのに手を貸してくれたのは、惑星環境調査班の班長であるエレナ・ビアンキだ。恒星間航行が実用段階になったこんにち、年齢という言葉は肉体の主観年齢を意味するようになったが、会うたびに、彼女がこの世界では知らないものがない大御所であることを忘れてしまう。

銀髪を整えた彼女はこの二〇年ほどは四〇代から時間の進行を止めたように見える。実際その動きに老化の兆しはなく、知的な瞳に光の衰えは見当たらない。

このドーム状の空間には重力が感じられた。ワープ航法そのものが重力場理論の研究の中で生まれた副産物であるだけに、恒星間宇宙船の船内では重力場を作り出すことが可能だった。

「パスカルにこんな展望室なんかあったっけ?」

「展望室じゃない。ここは覚醒室よ。まだ覚醒したスタッフが少ないから我々で独占しているだけ。あと三日もすれば、ここも喧騒《けんそう》に満ちた場所になる」

「画像は、外の投影？」

ドームからは青や茶褐色の帯が流れるガス惑星の姿が見える。

「光学補正はしているけど、外の景観。いまはＧＣＨ３２星系の第四惑星テベルの周回軌道に乗っている。この位置からだとわからないけど、巡洋艦オリオンも無事に同じ軌道上に乗ってるって」

惑星テベルは七つあるＧＣＨ３２星系の惑星の中で最大のものだった。太陽系の単位を用いると、主星であるＧＣＨ３２から五天文単位ほど離れている。そして調査隊が目指す第二惑星である惑星カザンは概《おおむ》ね一天文単位の位置にある。

吉野は徐々に記憶を取り戻しつつあった。カプセルから出たばかりの乗員に、エレナのように話しかける人間がいるのは、そうした回復を促すためだ。

惑星カザンに向かっている調査隊が第四惑星の軌道上にいるのは、宇宙船の補給と整備のためだった。ワープ宇宙船といえども複数回のワープを繰り返して一万光年を航行すれば、宇宙船のメンテナンスは必要だ。時空に干渉しようというのだから、船体にも相応の負荷はかかる。

また動力源である核融合炉の燃料補給だけでなく、航行中に消費した様々な元素をここで補給する必要があった。十分な物資の裏付けがなければ、精度の高い調査は行えない。

もう一つ吉野が思い出したのは、自分たちの任務は惑星カザンの調査だけではないということだ。自分たちは惑星カザンの第二次調査隊であり、自分たちに先行しながら音信不通となった第一次調査隊について調査しなければならなかった。彼らは生存しているのか？　生存しているとして、どこでどうやって暮らしているのか？

可能性は低いものの、惑星カザンの文明によって攻撃されたことも考えられた。第二次調査隊が惑星カザンに直行せずに惑星テベルの軌道上に入ったのは、補給や整備のためだけでなく、未知の脅威に備えるという意味もあった。

実は調査船パスカルも巡洋艦オリオンも、ＧＣＨ３２星系で最も恒星から遠い惑星であるバラントのさらに外側、主星から二〇天文単位離れた領域で一度、ワープを終えていた。当直の船員チームをのぞけば調査隊員たちはカプセルの中だったが、二隻の宇宙船のＡＩが文明が活動しているかどうかを判定し、安全と判断してから惑星テベルまでワープし、調査隊員たちを覚醒させたのだ。

そういう手順であるから、自分たちがここにいるというのは、現時点で惑星カザンからは文明由来と思われる電磁波の放射も宇宙船の活動も見られないことを意味した。

「ここにこうしているということは、カザン文明の活動は認められないということか」

「たぶん、そうなんだと思う」

エレナもまた調査隊のチームリーダーの一人として、考えていたのだろう。

「可能性は二つ。

一つ。カザン文明を滅ぼした何者かによって、第一次調査隊は遭難した。もう一つは、カザン文明の崩壊と第一次調査隊の遭難は別の理由という場合」

「エレナはどっちだと思う?」

エレナは少し、首を傾《かし》げた。それは彼女が考える時の癖だ。

「科学者としては予断を持って調査対象には接近したくないけど、可能性としては後者だと思う。

第一次調査隊の惑星環境調査班の王浩《ワンハオ》も文明調査班のイ・ソヨンも優秀な研究者だった。文明を滅ぼした何者かが存在する可能性を前提に調査計画を立てるはず。だから何の報告もできないまま全滅するとは思えない。

でも、現実に我々は何の情報も得ていない。それは彼らが想定外の事態に直面したためと考えられる。そうでなくても我々はカザン文明が崩壊した後からやってきている。カザン人と我々では最初から環境が違うのよ」

「なるほどな」

相変わらずこの人は聡明《そうめい》だなと思う。吉野は短期間だがエレナとの結婚を考えたことがあった。交際を申し込んだ時、彼女はそれを拒絶するでもなく言った。

「私は蒼井《あおい》に似ているかもしれないけど、蒼井ではない。あなたもヤシケに似ているけどヤシケではない。互いに亡くなった妻や夫を生者に投影するのは健全じゃない。そして愛する人たちに対してフェアじゃない」

吉野の完敗だった。ただこの経験により、吉野とエレナはそれまで以上に深い信頼関係を築けるようになった。今回の調査プロジェクトも互いに示し合わせたわけではないが、蓋を開ければ同僚として参加していた。

もっともそれは驚くことではないのかもしれない。二人の経歴と実績を考えたなら、今回のような前例のない事態に幹部職員として招かれるのは当然のことだろう。

カプセルの低代謝状態から覚醒する乗員は、それからも増え続けた。それに伴い覚醒室からの光景も変わってきた。小型の宇宙艇が調査船パスカルと巡洋艦オリオンの間を移動するようになり、さらには調査船パスカルでは折りたたまれていたサッカー場ほどの作業エリアが展開され、宇宙空間で複数の3Dプリンターがさまざまな機材を製造し始めた。

これらの3Dプリンターに材料を提供するために、専用プラントも組み立てられ始めた。そうしたプラントに、ガス惑星テベルから重水素やヘリウムなどの資源を回収してきた無人タンカーが横付けする光景も目にするようになった。

無人タンカーは円筒形のタンクをプラントに接続すると、空のタンクを結合して、再び惑星テベルへと向かって行った。

そうしている間も3Dプリンターは、シリンダーのようなモジュールを幾つも作り上げる。それらは無人の作業艇により運ばれて、惑星テベルの軌道上で順番に結合され、巨大な建造物を構築していった。これは自給自足可能な宇宙ステーションである。

定員三〇名ほどの施設だが、ＧＣＨ３２星系の観測だけでなく、第二次調査隊に問題が起きた場合に、それを地球に報告するという重大な任務があった。

このため調査船パスカルが作り上げた機材や無人作業艇などは、そのまま宇宙ステーションの機材として活用される。この施設にはテベルステーションという平凡な命名がなされた。

乗員すべてが覚醒する頃には、調査船パスカルと巡洋艦オリオンは一万光年の航行に伴う損傷部位の修理や点検も終え、惑星カザンへ向けて出発した。船内の人工重力は常に一Ｇであったが、二隻の宇宙船は〇・〇五Ｇという比較的低い加速度で航行していた。

惑星間をワープすることなど容易《たやす》いが、第一次調査隊の遭難という事実を前にワープは行わず、光学やレーダーによる観測を遠距離から行いつつ、慎重に接近することになっていたのだ。惑星の位置関係を調整して二五日後には惑星カザンの軌道上に乗れるはずだった。


惑星カザンは不思議な惑星だった。太陽系より一万光年離れたこの惑星が最初に観測されたとき、それは水と大気を持った地球型惑星としてであった。初期のワープ航法の時代には、惑星カザンには文明が存在する可能性があると思われた。

それは大事件ではあったが、当時の人類の宇宙技術は一万光年を移動できる水準にはなく、さらに半径五〇光年という小さな領域でも、一〇〇〇を超える星系があり、そうした星系の開発が優先された。カザンに対するアプローチは細々と無人探査機を飛ばす程度だった。

無人探査機は一〇〇年ほど後に、惑星カザンに何らかの文明があるという報告をしてきた。当時の無人探査機の能力はまだこうした任務を委ねるには十分ではなく、惑星カザン全体からの電波通信や、惑星間での無線通信を確認するのが限界だった。

この報告は衝撃的なものだったが、なお人類にとって惑星カザンは遠すぎ、具体的なアプローチまで進めないでいた。ただ無人探査機は継続して送られ、その性能もゆっくりではあるが向上していった。

これらの無人探査機は、人類の存在を気取られないためにGCH32星系には侵入せず、一〇光年離れた位置で継続的な探査活動を行っていた。

そして二番目から六番目に送られた無人探査機は、観測データを地球に持ち帰る本体とは別に、一〇光年先から監視を続ける探査衛星を設置した。

そうした中で七番目に送った無人探査機は過去に設置した五つの探査衛星による、数十年に渡る継続的な観測結果を回収するとともに、自身も一年間の探査を行ったのちに地球に帰還した。

観測データの解像度は高いものではなかったが、惑星カザンには海洋と大陸があり、夜の部分からも都市の明かりが観測できた。電波の発信量は時が下るにしたがって増え、さらに惑星だけでなく複数の無人探査機の電波も観測することができた。

惑星カザンには地球の月に酷似した衛星ロスがあったが、そこから送信される電波も認められるようになった。こうしたことからカザン文明はワープ航法こそ持たないものの、非常に高度な技術文明を持っていることが明らかになった。

しかし、帰還した探査機からのデータはこれだけでは終わらなかった。ある時期を境に、惑星カザンや衛星ロスからの電波が途絶したのだ。

数世紀の間に宇宙技術を手に入れたはずの文明が一瞬でその輝きを失ったのだ。しかも探査機は惑星環境そのものの激変を伝えていた。

海洋にこそ変化は認められなかったが、陸上から森林に相当する領域が消滅していた。地上はペンキでも塗ったかのように灰色一色となり、夜間に観測された都市の明かりも消えた。

惑星カザンの文明は着実な繁栄を謳歌《おうか》していたにもかかわらず、滅んでしまった。その原因は一〇光年離れた無人探査衛星群でもわからなかった。

文明が崩壊したために惑星環境が激変したのか、惑星環境の激変により文明が崩壊したのか、その関係も定かではない。小惑星の衝突や惑星規模の火山活動などいくつもの仮説が唱えられたが、無人探査機のデータだけでは結論は出せなかった。

初めて発見した地球外文明が滅んだという事実に人類は戦慄し、ついに調査隊の派遣を決定する。惑星カザンの高度な技術文明が崩壊した理由は、あるいは地球文明の将来にも重要な教訓となるとの考えからだ。

調査船ベアルンによる第一次調査隊は惑星カザンに向けての最後の寄港地で、すべて順調であるとの報告を地球に対して送っていた。

前人未到の一万光年のワープであるため、地球から惑星カザンまではワープを繰り返しつつ、七年の航行が必要だった。計画では第一次調査隊はGCH32星系で一年の調査活動を行ったのちに、一部はそのまま惑星カザンの調査を継続し、残りの隊員は調査結果の報告と第二次調査隊編成のために、調査船ベアルンと共に帰還することとなっていた。

GCH32星系から地球へは帰路も七年かかるため、地球が惑星カザンの情報を得られるのは出発から一五年後のことである。

そのため、第一次調査隊の帰還を待たずに増援を送るべきだという意見は少なからずあった。

しかし、カザン文明は別の異星人文明との戦争で滅んだという説も大衆の間で根強い支持を得ていた。この場合、増援部隊を不用意に送り込むことは、未知の文明を刺激し、地球の存在を知られることになりかねない。専門家から見れば根拠薄弱な仮説だが、それが世論の大勢では増援プロジェクトは動かない。

増援を送るかどうかの議論が数年続く中で、調査船ベアルンの帰還を待った方がいいという結論に落ち着いた。

しかし、第一次調査隊はその一五年が経過しても戻ってくることはなかった。第一次調査隊は全滅したのか、宇宙船が故障しただけで生存者はいるのか、それすらもわからない。わかっているのは未帰還という事実だけだ。

カザンの文明が原因不明のうちに滅亡しただけでなく、第一次調査隊まで未帰還となったことは、現地に文明の脅威となり得る何かが残っている可能性を示していた。万が一にもそれが第三の文明であったなら、必要な備えをしなければならない。世論の潮流は再び変わる。

すでに第一次調査隊が派遣されたのちに、後続部隊として第二次調査隊の準備は進められていた。人類はここに来て、より性能を向上させた調査船パスカルと、巡洋艦オリオンによる第二次調査隊を送り出す。この二隻は地球からＧＣＨ３２星系を七年ではなく、五年で航行することができた。

さらに第一次調査隊の失敗を反省し、大型宇宙船二隻のうち一隻は戦闘艦でもあった。船内時間で五年を経て第二次調査隊はＧＣＨ３２星系に到達した。第一次調査隊の出発から数えて二〇年後のことである。

「第二次調査隊の隊長として、現在の調査計画を履行するにあたり、惑星カザンよりも先に、その衛星であるロスを調査することを提案したい」

惑星カザンの軌道上に入る一週間前、調査船パスカルの集会場で、調査隊長のアンナ・ベッカーはそう提案する。

第二次調査隊の総勢は三六〇〇人。調査船パスカルに二四〇〇人が、巡洋艦オリオンに一二〇〇人が乗船している。このうちワープ宇宙船の運用に携《たずさ》わる人間が、パスカルが二〇〇人、戦闘艦であるオリオンは四〇〇人である。

したがって直接的に調査活動に携わる人間は、パスカルでは二二〇〇人、オリオンでは八〇〇人となる。言い換えるなら三六〇〇人の調査隊の中で、狭い意味での調査チームは三〇〇〇人で、六〇〇人は支援業務となる。

調査チームをパスカルに集約せずオリオンにも分散したのは、二隻の宇宙船のいずれかが地球に帰還するか、あるいは不幸にも破壊されるようなことがあっても残る一隻が調査を継続するためだった。

集会場に集まったのは、パスカルに乗船している調査チームの幹部要員が一〇〇人ほどだったが、会議には仮想空間経由や個人のタブレットでも、乗員の都合に合わせて全員が参加することができた。

仮想空間上では、オリオン乗船の幹部要員も集会場に席を持っていたが、現実にはそれらの場所は空席だった。

集会場は直径一五メートルの円形の部屋で、中央から六方向に放射状に通路が走っている。世代差もあってあまり共感してもらえないが、吉野はこの部屋を見ると子供の頃の記憶にあるプラネタリウムを思い出す。それとて過去の建築物を体験する仮想現実の中での体験だ。

ただプラネタリウムを連想するのはそれほど場違いではなく、集会場のドーム状の天井には、ＧＣＨ３２星系の図が表示されている。惑星カザンの像が拡大され、その周囲を周回する衛星ロスの姿が描かれる。

アンナは四〇歳前の女性で、研究者というより大手企業の管理職を思わせるところがあった。じっさい彼女は幾つかの大手の研究機関で、マネージャーとして優れた手腕を発揮していた。反面、彼女には研究者としての業績は少ない。論文はどれも共著であり、しかも複数の研究者の中で名前が末席に記されている。

だが彼女が調査隊長であることに異議を唱える人物がいないのは、誰もがそのマネジメント手腕に敬意を払っているからだ。名前が論文の末席に記されるだけと言っても、それらの論文が少なからず他の研究チームの話題を独占するような重要研究であることも、彼女が一目置かれる理由だ。

普通なら隊長が中央に立つが、彼女は円形の室内で、割と後ろの方に席を取っていた。彼女の方針で、調査隊のメンバーはどこに座るのも自由だが、可能な限り馴染みのない人の横に席を取るという暗黙の了解があった。研究者なら視野を広く持つべきというわけだ。

カザン文明調査班の班長である吉野も、彼女の仕事の仕方を目にして、自分の仕事のやり方を見直すことは何度もあった。

「過去の探査機データから判断して、カザン文明が何らかの宇宙技術を持っていたことは確実です。ならば、人類がそうであったように、カザン人もまた衛星ロスを最初の目標としたと考えることは、決して不自然ではないでしょう」

衛星ロスの姿が拡大される。それは地球の月とよく似たクレーターで覆われた天体だった。惑星カザンはその公転軌道などだけでなく、天体としても地球に酷似していた。そうした惑星は他にも発見されていたが、惑星カザンが特異なのは、地球の月に相当する不釣り合いに大きな衛星を持つことだ。この衛星ロスの大きさや軌道も概ね地球の月に似通っていた。だから惑星カザンには潮の満ち引きが存在し、地軸の傾斜も二〇度で安定していた。

「第一次調査隊が、どのように調査を行ったのかは明らかではありません。しかし、調査隊の責任者であるジェームズ・ハリソンとそのスタッフであれば、衛星ロスをまず調査したと考えるのは自然なことでしょう。

原因不明のまま文明が崩壊した惑星カザンに直接探査を行う前には、衛星軌道上からの探査など事前準備が必要です。衛星ロスの調査も、そうした事前調査の一環であるからです。したがって第一次調査隊の軌跡を辿《たど》る意味でも、惑星カザンよりも先に衛星ロスの調査を行うべきと考えます」

「我々も衛星ロスに降下するべきだとお考えですか？」

それは巡洋艦オリオンの白鳥信之《しらとりのぶゆき》艦長の発言だった。オリオンの幹部乗員が仮想空間で会議に参加している中で彼だけがここにいるので、オリオンの指揮はいまは船務長のカリム・

アル・アミールが執っていた。

「調査船パスカルはロスの軌道上から、オリオンはカザンの軌道上から、それぞれがリモートセンシングに重点を置く。当面はこの方針を考えています。何かあっても、オリオンかパスカルのいずれかは帰還して地球に報告できるでしょう」

アンナはさらりと酷いことを言うが、白鳥も苦笑するよりなかった。単独の宇宙船で行われた第一次調査隊に比べ複数という強みはあるものの、第二次調査隊にしても宇宙船は二隻しかない。緊急時には一隻は犠牲になるリスクがあるのは調査隊関係者全員のコンセンサスだった。

それに巡洋艦と名乗っているが、宇宙船としてはオリオンもパスカルもほとんど変わるところはない。用途に合わせて船内モジュールを組み替えてはいるものの、船体そのものは同じ構造だ。恒星間宇宙船は製造が難しく高価な宇宙船なので、ほとんどの宇宙船が交換モジュール以外は同一設計であり、それにより建造費の削減や運用コストの低減を実現していた。

巡洋艦オリオンにしてもそれは同様で、本艦を巡洋艦たらしめているのは、船体側面に張り付くように増設された戦闘モジュールだった。鏃《やじり》のような形状をした全長七〇メートルの戦闘モジュールはオリオン本体から分離して、独立した宇宙船として活動することができる。ただし長距離航行には対応しておらず、ワープ機能もない。ただ惑星軌道で活動するには重宝な宇宙船だった。

「オリオンの艦長として調査隊長の意見に同意する。惑星カザンの軌道上に人工衛星などが残されていないか、そうしたことを重点的に調査するつもりだ」

「その辺りはぜひお願いしたい」

調査計画の概要がまとまると、そのデータはテベルステーションにも送られた。第二次調査隊が成功するか失敗するかは未知の領域だけに何ともいえないが、テベルステーションがある限り、第三次調査隊が未知の危険に不意打ちを受ける可能性は大幅に下げられる。

新しい調査計画に従い調査船パスカルは、惑星カザンの月であるロスの極軌道に入り、その全地表を精密に探査した。ロスの地表から平均高度一〇〇キロメートルで周期二時間弱の極軌道を周回し、地表全体の画像データを集積した。

そして調査開始から二日で、アンナ隊長は会議を招集した。

「惑星カザンについては現在もオリオンが調査中で、そのデータもすでに共有されているものと思います。本日、緊急の会議を招集したのは、衛星ロスで発見されたカザン文明の痕跡について議論するためです」

吉野は幹部として衛星ロスに関する情報の概要は知らされていたが、多くのスタッフが会議の招集を訝《いぶか》しんでいた。それは当然で、調査情報は船内システムのデータベースに蓄積され、情報共有がなされるからだ。

乗員は全員が自分の情報端末でそれらにアクセスできるし、仮想空間での議論も可能であった。通常はそうしたやり方で調査は進む。

にもかかわらず幹部要員に集会場への招集がかけられるのは、対面での話し合いが重要と判断される場合だけだ。多くの場合、調査隊の意思決定が必要とされるような内容である。

「これに関しては惑星環境調査班のエレナ・ビアンキ班長に説明をお願いします」

集会場ではエレナはアンナ隊長と向かい合うような位置に着いていた。参加者の中には、こうした集会で話者が変わることを訝しく思うものもいたようだが、吉野にはそれほど違和感はなかった。

カザン文明の状況とは無関係に、かねてからエレナが衛星ロスの調査を強く主張していたことを知っていたからだ。

地球の月がどうして生まれたかについては、生成途上の地球に火星ほどの天体が衝突し、その破片が月になったというジャイアントインパクト説が定説だった。ただ人類の植民星系で地球の月に相当する巨大衛星は未だに見つかっていない。

そのような状況の中で、唯一の例外が惑星カザンの衛星ロスだった。この衛星からもまたジャイアントインパクト説を肯定するような地質学的データが得られるのかどうか？　惑星科学の専門家としてエレナは学術調査の必要性を感じていたのだ。

「ご存じの通り、衛星ロスの調査は、地球の月との共通性を調べるという点でも重要です。しかし、今回発見されたものは、そうしたものとは性質が異なります」

集会場の中央に衛星ロスの立体映像が現れたが、数カ所に赤い印が認められた。それらは拡大され、立体映像の横に並べられる。

「どうしてカザン文明は滅んだのか？　その理由の一端を示していると見られるのが、これらのクレーターです。

これらのクレーターは、ロスの表面に見られる各種のクレーターと比較すれば小さい部類に入ります。ただこれらのクレーターには幾つか共通点があります。

一つは、クレーターの周辺に明らかに人工的に造成されたと思われる土木工事の跡が見られます。それらは二ヘクタールほどの面積を正方形に整地しただけのものから、クレーターの稜線《りょうせん》を削り取ったもの、あるいは道路に相当する構造など、様々です。

そして映像でお分かりのように、これらの構築物を破壊するかのようにクレーターはできている。

興味深いのはこの建造物です」

そうして問題の建築物の拡大図が現れる。それは高さ五〇メートルほどの立方体で、三面はエッジが立っていたが、クレーターに面した一面だけは、エッジがぼやけた曲面になっていた。

「スペクトル分析によれば、この建築物はロスの砂を焼結したレンガのようなものを積み上げた建物と思われます。用途は不明です。

クレーターに面したこの曲面は、強い高熱に曝《さら》されたことを示唆しています。それはクレーターそのものにも言える特徴です」

　集会場は咳《しわぶき》一つ響かなかった。誰もが同じ結論に至っていたからだろう。

「これらの事実から導かれる結論は、これらがカザン人による基地であり、それらの基地が核兵器により破壊されたということです。このクレーターは基地を核攻撃した跡であり、この建築物は真空の地表で吹き飛ばされることはなかったが、強い輻射熱《ふくしゃねつ》でクレーターに面した一面が溶けてしまった。そう解釈するのが、状況をもっとも合理的に説明できます」

「つまりカザン人は核戦争を起こし、それによりカザン文明は消滅してしまった、そういうことなのか？」

　それはパスカルの船長であるエリザベス・モーガンの発言だった。カザン文明の突然の消失については、核戦争説も仮説の一つとして唱えられていた。しかし、根拠があるわけでもなく、どちらかといえば安易な仮説という認識が一般的だった。それだけにエレナの説明は多くの参加者には意外な事実に受け取られた。ただ彼女の説明は続く。

「ところが、そう単純な話ではなさそうです。まずオリオンによる軌道上からの地表探査の結果、カザンにはいくつか文明活動が見られました。現段階での推測では産業革命前の水準の文明ですが、大陸に幾つかの都市のようなものが確認されています」

　集会場に動揺が走る。実はこの部分に関しては吉野も発表を打診されたが、彼は固辞していた。謙虚さのためではなく、現時点では文明があるらしい以上のことは言えないからだ。じっさいエレナも文明に関しては詳細は不明として早々に説明を切り上げる。

「大陸の平野部は植生に乏しい荒野が続き、火山活動によるクレーターこそあるものの、核兵器によると思われるクレーターはただの一つもありません。

ロスにおける核兵器使用の痕跡から判断すれば、母星である惑星カザンの表面には数百、数千の痕跡が残っていなければ計算が合いません」

画像はロスからカザンへと切り替わる。衛星軌道からの惑星全図はできているが、精密図は現在作成中だった。そのため惑星表面の画像精度にはばらつきがあった。

海洋こそ地球と酷似していたが、大地はほぼ灰色の泥のようなものに覆われ、その泥の中に乏しい植生が都市とともに分布しているという状況に見えた。ただ山岳地帯には帯状に森林のようなものが発達していた。

「見てわかるように、惑星カザンにも森林限界のような標高による植物生育の限界線があります。泥の分布にも同様の限界が観測されます。

標高三〇〇〇メートル以上の高地には泥がほとんど見られず、森林限界は四〇〇〇メートルほどです。このため標高三〇〇〇メートルから四〇〇〇メートルの帯状の部分には、独自の森林帯が確認できました。

現段階では平野部の乏しい植生と山岳地帯の生態系は全く別の進化を遂げているように見

えますが、これればかりは現地を調査しない限りは結論は出せません。

ただここで疑問点が三つ生じます。一つは平野部の著しく乏しい植生が、過去の核戦争による大規模な環境破壊に原因するなら、クレーターの痕跡が一つも観測されないのは明らかに不自然です。

疑問点の二つ目は、文明一つを滅ぼすほどの核戦争が展開され、それにより惑星規模で生態系が破壊されたとしても、このような標高で植生が二分されるとは思えない点です。

惑星規模の核戦争が起きたのに、山岳部の生態系はほぼ影響を受けていないように見えます。生態系の復元能力が高いためだとすると、ならばどうして平野部の植生は貧困なのかという問題が生じる」

そして画像は山岳地帯の森林の姿に変わる。

「惑星環境調査班の責任者として、私が惑星カザンを調査するなら、この帯状の森林地帯を調査しないという選択肢はありません。

この場の皆さんならご存じの通り、惑星調査のフィールドワークには基本手順が定められています。原則は土着の生態系への影響を最小限にするというものです。

そうした観点で考えるなら、調査拠点の候補地はいくつか考えられます。森林地帯に近く、地形的に安定した泥で覆われた荒地部分です。現時点で考えられる候補地はいくつかありますが、そのどれにも第一次調査隊が拠点を建設した跡がありません。

第一次調査隊の隊長であるジェームズ・ハリソンはこの方面では実績のある人物であり、調査手法は良くも悪くも堅実です。ですから我々が探した候補地に拠点の痕跡がないというのは理解できない。これが疑問の三つ目です」

エレナはそう発言を締《し》め括《くく》った。そして再びアンナが話を続ける。

「第一次調査隊が我々よりも物量と人員数で劣っていたとしても、何一つ痕跡がないというのは明らかに不自然です。カザン文明が仮に核戦争で滅んだのだとしても、それは過去の問題であり、先の調査隊が消息不明になった理由を説明できません。

第一次調査隊の目的がカザン文明崩壊の調査である以上、彼らが惑星カザンに降下していないはずがない。にもかかわらず我々は彼らの調査拠点の痕跡すら発見できていない。

惑星カザンでは何か尋常ではない出来事が起きた可能性が高い。そうであるならば衛星ロスを調査し、可能な限り惑星に関する情報を集めるべきでしょう。

だからこそ、我々は遠回りに見えたとしても、衛星ロスの調査から開始すべきなのです。同じ過ちは繰り返せないのですから」

探査車のモニターにレーザーレーダーの計測結果が映像化される。そこにはいくつもの足跡が明瞭に描かれていた。

「間違いない。足跡だ。やはり一次調査隊はここに来ていたんだ」

吉野はその事実に安堵すると同時に不安にも襲われる。遭難した調査隊の足跡を辿れたということは、調査手法の正しさを確認できたことを意味する。しかし彼らの足跡の先には、遭難に至る未知のリスクが待ち構えている可能性もあるからだ。

「足跡のパターンを分析しました。第一次調査隊カザン文明調査班のイ・ソヨン班長と合致します。調査班のスタッフが先行し、班長が殿《しんがり》だったので、足跡が明瞭なのは班長だけですが、他の足跡もスタッフの足跡と部分的ですが合致します」

吉野チームに二人いる副班長の一人、リー・高木《たかぎ》が分析結果のデータをスタッフ全員に共有する。吉野たちの調査隊もそうだが、屋外作業用の靴にはメンバーごとに違った記号が描かれていた。何か事故があったときに、足跡から誰のものかを特定するためだ。

「当たり前すぎるくらい当たり前の結果ですね」

探査車の操縦士兼機関士の前川伽耶《まえかわかや》が座席を吉野の側《がわ》に向ける。

「足跡が突然始まってるのは、探査車を降ろして、調査を開始したから、ってことですよね」

中央のモニターには探査車を中心とする半径一〇〇メートルの地形図が描かれていた。吉野たちの場所から見て六〇メートルほど右側に、砂が吹き飛ばされたような楕円形《だえんけい》の場所があった。第一次調査隊の探査車が着陸する時のスラスターが残した跡と思われた。そこから足跡は伸びている。

そして足跡の先には直径五〇メートル、高さ一〇メートルほどのドームがあった。それは衛星ロスの地表探査の結果明らかになった人工物、すなわちカザン人の宇宙基地だった。この施設だけが核攻撃を免れたらしく、調査船パスカルからの観測で、唯一、無傷で残る人工物だった。

赤外線観測ではこの宇宙基地は周囲と同じ温度で、完全に冷え切っていた。しかし、レーダーによる調査では、このドームの下にかなり大規模な地下都市のようなものが存在することがわかった。

そして当然のことながら、第一次調査隊もまた、この衛星ロスの宇宙基地の遺跡を調査に訪れていたのであった。この宇宙基地の遺跡は暫定的にＬＵＣ（Los Underground City）と呼ばれることとなった。衛星ロスの地下都市という単純すぎるくらい単純な命名だ。

「計測結果によれば、探査車は二台着陸していたようです。探査車の定員は一〇名ですから、最大で二〇人規模の調査が行われたことになります」

前川はそうデータをまとめた。探査車と言っているが、実態は車輪付き小型宇宙船と呼ぶほうが実態にあっているだろう。

その気になれば調査船ベアルンから分離して、周回軌道上に留《とど》まることも出来た。天体にもよるが、ロスのような小さくて大気の存在しない天体であれば、そのまま着陸し、車輪で移動することも可能だ。惑星カザンでも地上走行は可能だが、その場合には大型シャトルで輸送する必要があった。

狭いことを我慢すれば、一〇人の人間が二週間活動できるだけの水、食料、空気とエネルギーを供給する能力があった。

この辺りの性能は、吉野らがいま乗っている探査車も同様だった。

第一次調査隊の総勢は七五〇人だが、その中で宇宙船ベアルンの運行管理に携わるのが三五〇人であり、純粋な調査チームは四〇〇人に過ぎない。

その中で初期段階から二〇人が投入されるというのは、この施設の調査はかなり重視されていたと言ってよいだろう。

「おかしいな、他に拠点や探査車の着陸跡は無いよな？」

そんな吉野に前川は地形図を示す。

「ありませんね、班長。離れたところに着陸した痕跡もありません。足跡はこの着陸跡から伸びているものだけです」

「このデータから見ればそうだよなぁ。どう思う、君らがこのカザン人の地下都市を発見したとして、二週間で調査を切り上げるか？」

吉野の問いに全員が首を振る。

「ＬＵＣの精密地図を作成するのにも、半年はかかるでしょうし、中に残っている遺跡を分析するにしても、年単位の時間が必要なはずです。

地下都市ですし、核戦争の痕跡があることから、内部の防衛システムがいまも活《い》きていて、調査隊の侵入を阻止したようなことも可能性としては否定できないかも知れません。しかし、そうだとしても調査の仕方はある。むしろ基地機能の一部が活きているとなれば、二週間で撤退はやはりあり得ない。基地の外に研究用の施設を作ることを考えますね、自分なら」

それは高木の意見だが、スタッフ全員が同意していた。つまりこれが調査班のコンセンサスとすれば、第一次調査隊も同じだろう。だとすれば自分たちにとって、二週間以内に撤退する理由があるとすれば何か？

「ここで情報不足のまま議論を重ねても時間を浪費するだけだ。ここから先は乗り込むしかあるまい」

とはいえ、吉野もいきなり探査車から降りてＬＵＣに入るような無謀な真似はしなかった。第一次調査隊が遭難している以上、何をするにも危険を想定する必要がある。

そこで吉野が送ったのは、二体の人型ロボットだった。一メートル半ほどの大きさで、概ね人間ができる作業は遠隔操作で再現できた。このロボットのセンサーと操作する人間は一体化が可能で、ロボットが見たり触れたりした物事を、人間も自分の感覚として認知できるのだ。

これを送り込めばカザン人の基地の内部に何か危険があったとしても、直感で察知できるし、万が一の場合にも危険な目に遭うのはロボットであり、操作する人間ではない。

もちろんロボットと人間を比較すれば、人間が直接調査に向かう方が調査の精度は高い。だが最終的に人間が調査を行うにせよ、最初の調査はロボットで行うのが常道だった。

ロボットの操作は吉野と前川が担当した。前川伽耶は探査車だけでなく、ロボットの操縦にも長けていたからだ。

ロボット制御のため感覚を同期すると、吉野は自分がロボットの視界でものを見ているのがわかった。現在位置で振り返ると探査車があり、位置関係を確認したのちＬＵＣに向かって歩み始める。

足の感覚では、地面は細かい砂場の抵抗感があった。だが真空の宇宙では、視覚以外の感覚はその程度だ。探査車からの照明がつくる影は、自分の後ろにもロボットが歩いていることを示していた。何かあったときに共倒れを防ぐために、ロボットは五メートルの距離を維持するようになっていた。

そして吉野の視界にあるのは、真空のロスの地表だけだった。吉野も前川も第一次調査隊の足跡とは並行に歩んでいた。現時点ではこの足跡さえも貴重な記録だからだ。

「班長、足跡を分析した限りでは第一次調査隊はロボットによる事前調査は行わず、直接人間が乗り込んだようです」

前川は自分のロボットの画像データを精査し、暗にソヨンたちの調査手順の不備を指摘した。

「いや、それでいい。一次調査隊の装備に宇宙空間で使用できるこのタイプのロボットは含まれていなかった。彼らの使用したロボット機材はもっと単純だった。惑星探査に特化して防塵《ぼうじん》や防水は考慮されていたんだがな。

ともかくカザン文明は人類が最初に遭遇した自分たち以外の文明だ。調査手法も半ば手探り状態だった。それが遭難の直接原因かどうかはわからんがな」

第一次調査隊の情報がほとんどない理由の一つは、ワープ航法が抱える原理的な問題にあった。宇宙船は空間を跳躍できるのだが、超光速通信はできないのだ。これは感覚的にはほとんどの人が納得できない事実であった。

簡単にいえば、質量の大きな宇宙船なら一〇光年をワープして出現時間と出現場所にある程度の誤差が生じても自力航行すれば実用面で問題はない。

しかし、電磁波による超光速通信となれば、時刻と座標の誤差は極端に大きくなる。さらにより致命的なのは、送信した信号の順番さえも順不同となるため、使い物になる通信は成立しない点だった。

結果として、情報をもたらす最も現実的な方法というと、宇宙船が直接伝えるというものだった。しかもその方法も、比較的距離の近い星系間では定期便の運行も採算ベースに乗ったが、遠距離ワープではコストが急増し、GCH32星系レベルの超遠距離となれば、宇宙船で伝令を送ることさえ現実的ではなく、カザン文明については調査隊が戻るまで何もわからないというのが現実だった。

超光速通信も遠距離伝令宇宙船も、技術の進歩で解決するという意見もあったが、第二次調査隊が派遣されている現時点では実現していない。第二次調査隊が二隻編成なのもこの通信の問題のためだった。

ロボットが向かっているカザン人の遺跡は衛星ロスの赤道上で、なおかつ惑星カザンから直接観測できる領域にあった。衛星ロスも惑星カザンの潮汐力《ちようせき》により、地球の月と同様に常に同じ側を惑星に向けていた。人類の月面基地が通信の利便性からそうした場所に建設されたのと同様に、カザン文明もまた同じようなロジックで基地を建設したようだった。

「カザン人が人類と似たようなロジックで基地を建設するとしたら、この地下にあるのは本当に都市かもしれませんね？」

「十分あり得るな」

前川の意見に吉野も同意する。衛星ロスには幾つもの基地が建設されていたらしい。それらは核兵器で攻撃されていたが、惑星カザンから衛星ロスを核攻撃するなどというのは非効率すぎる。攻撃を仕掛けるなら衛星内で弾道弾を発射するような形だろう。

そうなると彼らが観測した複数の核攻撃の跡は、目の前の地下施設からの攻撃によるものと考えると辻褄《つじつま》があう。それだけ圧倒的な武力を行使できるからには、この遺跡はかなりの規模であると考えるべきだろう。それこそＬＵＣの命名通りの地下都市があっても不思議はない。

ドームは建設された当時の姿をほぼ保っていたが、エアロックに相当するゲート部分は扉が吹き飛ばされたように外に転がっており、内部は完全に真空となっているようだった。

「爆発事故でしょうか？」

前川の感想はもっともだったが、吉野はゲートの爆発に不自然なものを感じた。

「いや、爆発事故にしてはゲートの周辺はほとんど無傷だ。ドアだけ爆破して内部を真空にしようとしたように見える」

「意図的にゲートのドアだけ破壊したということですか？」

「まぁ、いまの時点で断定はできないが、施設内の爆発でゲートが吹き飛んだら、こんな綺麗な開口部にはならないだろう。あるいは後で修理するようなことを考えていたのかもな」

ロボットはそのまま施設に入ったが、そこで吉野と前川は意外なものを発見した。

「班長、これは……」

ドームの内部には、第一次調査隊が持ち込んだらしい、差し渡し一メートルほどの小型の物品コンテナが三つほど積み上げてあった。問題のものは、そのコンテナの陰にあった。

「起爆装置だな……人類が作った装置だ」

「だったら、あの扉を爆破したのは、第一次調査隊ですか？」

「そうとしか思えないな。爆破が限定的なのは、施設の温存よりも、そもそも爆薬が足りなかったためかもしれないな」

調査隊も必要な場面が生じるかもしれないため爆薬は持参していたが、その量は多くない。万が一にも大量の爆薬が必要だったら、宇宙船のラボで合成する必要があった。言い換えれば、必要なら製造も可能なので、調査機材にはそれほど爆薬は必要ないとの考えだ。

「爆薬を仕掛けて扉は破壊したが、その一方で爆破した範囲は非常に限定されている。かなり慎重に爆薬を仕掛けたことになる。決してLUCを破壊する意図はないということか。爆破の状況から見て、施設内は与圧されていたな。与圧区画で、扉を爆破しなければならない状況ってなんだ？」

吉野には一つ思い当たる可能性があったが、先にそれを指摘したのは前川だった。

「施設内で何かの理由で大規模な火災が生じたので、それを鎮火するために内部を真空にした。そういうことでしょうか？」

「それが一番可能性が高いと思う。昔、月面基地の火災でそうやって鎮火した例があった。ある年代より上では有名な事例だったから、ソヨンが知っていても不思議はない。問題は、彼女ほど経験を積んだ人間が、そんな火災事故を起こすかどうかだ」

ロボットはそのまま前進する。地上部分のドームには火災の跡はなく、火災そのものは地下で起きていたらしい。そうして前進すると中央部に直径一〇メートルほどの円筒状の壁があった。正面から裏に回ると円筒の三分の一ほどは壁はなく、そこから巨大な垂直の孔《あな》が見下ろせた。

しかし、そこで二人の注目を集めたのは、孔に軽合金製の橋が渡され、そこに孔の底まで降りて行くリフトが設置されていることだった。扉を爆破して、施設内の空気を抜いた際に、かなりの強風に晒《さら》されたためか、橋の位置は少しずれていたが、リフトそのものは無事だった。

ロボット内蔵のレーザー測距儀《そっきょぎ》で孔の底までを計測すると、ざっと三〇メートルほどあった。

「班長、このリフトまだ使えます。バッテリーも半分電力が残ってますし、システムもすべて正常です。真空で直射光にも当たらない安定した環境のおかげでしょうか」

吉野も確認してみたが、リフトは正常だった。構造が簡単だからワイヤーが劣化せず、モーターとバッテリーが問題ないなら、いますぐにでもリフトは使えるだろう。ありがたいことにリフトには電波の中継機も内蔵されており、これを使えば、孔の底に降りてもロボットからのデータは確保できる。

とはいえ一〇年以上も稼働していない機械である。吉野は二、三回リフトを昇降させてみた。だが幸いにもリフトは無事に動作した。それでも人間なら躊躇《ちゅうちょ》するところだが、ロボットである利点を活かして降下した。

ロボットは人間の標準体重ほどあるので、ロボットが通過して問題がなければ、人間が利用できるという考えだ。

リフトが降りていくと、縦坑《たてこう》の壁面はコンクリートのような素材であったが、孔の底まで部屋などは作られていなかった。

「エレナなら詳しいと思うが、これは衛星ロスが生まれた時に生じた溶岩チューブを活用した地下施設じゃないかな」

地質学的にははっきりしたことはわからないものの、地球の月では中規模の地下都市なら溶岩チューブを活用したものはさほど珍しくはない。

リフトが孔の底に着くと、そこには様々な物品が飛び散っていた。それらは一目見て、第一次調査隊が持ち込んだものと分かった。どうやらこの縦坑を中心に調査が行われていたらしく、エアロックを爆破した時に施設から流れ出る空気による突風でパネルをはじめとする機材類が散乱したのだろう。

昔なら書類が散在していただろうが、そうしたものはタブレットコンピュータにより何世紀も前に駆逐されている。無論、完全に使われなくなったわけではないが、視界の範囲内でそれらしいものはない。

吉野はロボットを操作して倒れている電子ホワイトボードを元に戻し再起動を試みる。こちらはバッテリーが切れていて、ボードは白一色にしか見えない。それでもロボットの光学センサーを調整すると、最後に描かれていた電子インクの配列を読み取ることができた。

「これがカザン人か……」

吉野だけでなく、ロボットの画像データを共有している調査隊の人間は、そのカザン人の姿に驚愕《きょうがく》した。

おそらくソヨンたちが調査したカザン人の詳細は、この床に散らばっているタブレットの中にデータとして記録されているのだろう。ホワイトボードのカザン人の図は、大きな特徴を記しただけのものらしい。

カザン人にも顔はあり、そこには横に並んだ二つの目と、目の下に口らしい穴が描かれていた。耳とか鼻のような器官が描かれていないのは、この図がイメージ図的な存在だからか、そもそもカザン人にそんなものがないからなのかはわからない。

それよりも特徴的なのは、図を信じる限り、カザン人の特異な形状だった。カザン人は脚が一本で、その上に胴体があり、顔は胴体に埋もれている。そしてその胴体の上に腕が一本あった。

それは例えるなら、人間の手のひらで親指と人差し指だけが独立し、一メートル半くらいの大きさになっているようなものだ。指と指の間に胴体と顔がある。親指と人差し指でいうなら、脚が親指、腕が人差し指に相当する。ホワイトボードの図では脚や腕の関節数はわからないが、指は五本ある。

しかし、特異なのはそれだけではなかった。図では単体のカザン人が二名描かれ、そこから矢印が伸びて、二体のカザン人は合体し、人類と同じ二本足と二本の腕の生物となっていた。

ソヨンが描いたらしいその図には、「成人○」「結婚×」と記されている。それを信じるならカザン人は二体の個体が結合し、一体となることで成人になるらしい。しかし、二つの個体の結合は結婚というか、生殖を意味することではないらしい。

とは言えこの結合というのが、生物として一体化するのか、単に密着しているだけで、いつでも分離可能なのかはわからない。ソヨンの図では合体した成人でも顔は二つあり、意識は独立して有しているように解釈できた。もっともそれはあくまでもこの図だけでの判断で、成人前は二つの目で外界を見て、成人すると結合した四つの目を統合された一つの意識が活用するのかもしれない。そこはこの図だけでは結論できない。

ただいずれにせよカザン人の意識や外界認識が人類とは大きく異なることだけは間違いなさそうだった。あるいは核兵器使用の痕跡についても、単純に核戦争とは結論できないかもしれない。

「ここのコンピュータを修理すれば、ソヨンさんたちの調査データを確認できますね。そうすれば一次調査隊に起きたことも、カザン人についての詳細もわかるはず」

前川はホワイトボードからデータを読み取りながらそう言ったが、吉野は周辺を見渡し、それは難しいと思った。ホワイトボードこそ残っているが、データ記録用のサーバーユニットが見当たらない。

何かの事情で、他の機材を放置して、データごとサーバーユニットを持ち帰ったとも解釈できる。扉を爆破して施設内を真空にしたのは何か緊急事態が生じたためだろう。サーバーユニットだけを持ち出したのは、その緊急事態と何か関係があるのか？　残念ながらその辺りのこともわからない。

「まぁ、ここの様子から判断して、ソヨンたちは理由は不明ながら長期間の調査は行わなかったようだ。しかし、ここの調査は年単位の仕事になるだろう。腰を据えた調査が必要だ」

第二次調査隊は活動を開始したばかりだが、実は第三次調査隊が編成される予定だった。カザン文明の調査が進めば第二次調査隊の陣容ではマンパワーが足りないのは明らかであり、増員部隊を派遣することになっていた。これは状況によっては第二次調査隊メンバーの救出ミッションにもなりえ、この場合には調査は行われず、第三次調査隊はそのまま帰還することとなっていた。

ただ第三次調査隊は規模も予算も第二次調査隊を上回るために、具体的な派遣スケジュールは第二次調査隊の出発時点ではまだ決まっていなかった。到着するとしたら、早くても一年後、遅ければ三年後くらいになる可能性があった。

これに対して第二次調査隊がＧＣＨ３２星系に到達したのが、第一次調査隊の出発から数えて、二〇年後（第一次調査隊の帰還予定の一五年プラス第二次調査隊の往路の五年）と遅いのは、第一次調査隊が戻ってから必要な機材や人材を装備した第二次調査隊を派遣する計画であったためだ。

そもそも第一次調査隊が遭難することは想定されていなかったため、手探りで装備や調査隊の規模を決めねばならなかった。対する第三次調査隊は、第二次調査隊が戻る前に出発する。探査計画そのものが大きく変わってしまったのだ。

ただ吉野は自分をソヨンの立場に置き換えても、なお彼女の判断が理解できなかった。確かに自分たちと比較すれば第一次調査隊の規模は小さい。それにしても衛星ロスでのこの大発見を前に、誰一人残らずに調査を捨てるとは思えない。吉野の知っている彼女なら、最低でも三、四人の専従者を調査のために残しているはずだ。

何がソヨンたちに起きたのか？　その疑問を考えているときに探査車に意外な命令が送られてきた。

「班長、ベッカー調査隊長から帰還命令です。緊急の全体会議を招集するので帰還しろと。調査方針を根本的に見直すことになるそうです」

リー・高木が興奮気味に話す。

「これだけの発見を前に緊急会議だと。何か新発見でもあったのか？」

「第一次調査隊の面々が、惑星カザンの地表で生きているようです」

2 着陸

「おい、大丈夫か？」

調査船パスカルの集会場には、調査隊の主要メンバーが集められていただけでなく、収容しきれないスタッフのために、個人のタブレットでも質疑応答が公開されていた。

そうした中、吉野《よしの》のスタッフでもっとも落ち着きがなかったのは、リー・高木《たかぎ》だった。

「大丈夫です」

そう言いながらも、彼はすでに目の前にある飲料水ボトルを半分空にしていた。まだ会議は始まってもいない。

吉野は何も言わず、高木の肩に手を触れた。それくらいしかできることはない。良かったと喜ぶには情報不足であるが、期待するなとか、駄目だった時も覚悟しろというのも、いまここでかけるべき言葉ではないと思った。そうなると黙って肩に手を触れるくらいしかできることはない。

高木と一緒に仕事をしたことは何度かある。その時の印象は猪突猛進《ちょとつもうしん》の傾向はあるものの、仕事は確かというものだった。ただ付き合いということでは高木よりも彼と同格の副班長である山崎光一《やまざきこういち》との方が長い。彼は文字通りの教え子だ。

高木が落ち着かない理由は、調査隊の中ではごく一部しか知らないだろう。彼は第一次調査隊の班長であるイ・ソヨンと婚約していたのだ。

どうして高木が第一次調査隊に参加しなかったのかは吉野にもわからない。プライベートなことまで知悉《ちしつ》するほど親しくはないからだ。婚約の話にしても、吉野が知ったのは宇宙船が地球を出発してからだ。

その時の話では、ソヨンの班長抜擢《ばってき》は異例のことであり、資格的に競合者であった高木が彼女のキャリアアップを優先したことが彼が第一次調査隊に参加できなかった理由とのことだった。

第一次調査隊が戻ったなら、二人は結婚し、第二次調査に共に向かうことを考えていたという。昔と比べて平均寿命が大幅に伸びたとはいえ、婚約者を一五年も待つというのは驚きではある。

とはいえ恒星間航行時代なので家族の再会に年単位の隔《へだ》たりがあることはそこまで珍しくはなかった。それもまた家族の形だ。

高木ほどではないものの、集会場は全体にざわついていた。それはそうだろう。第一次調査隊のメンバーが惑星カザンに生きていたというのだから。

すでに巡洋艦オリオンからの情報では、文明を崩壊させたカザン人は、それでも文明再建の途上にあるとされていた。惑星にいくつも街の存在が見られたからだ。

オリオンからの画像解析では人型のものが活動していたが、これも衛星ロスのLUCでのカザン人の姿からすれば納得できた。

ひとまずリモートセンシングで惑星カザンの精密地図を作成し、その後にカザン人の都市にドローンを送るというのが調査の流れだったが、このドローンが第一次調査隊の生存者を発見したらしい。

これはカザン人に第一次調査隊の生存者が保護されているとも解釈できたし、さらに一歩踏み込んで、両者が文明復興に従事しているとも考えられた。あるいはカザン人は全滅し、観測されている地表の都市は第一次調査隊によるものの可能性もあった。

こうした幾つもの可能性が考えられるために、調査隊員たちは公式発表を待っていたのだ。

「パスカルの調査隊の皆さん。こちらは巡洋艦オリオンです」

中央の立体映像投影機に現れたのは、科学班長として巡洋艦オリオンに乗艦している科学班長のジュリア・コンティだった。彼女も調査隊のメンバーであるが、吉野やエレナのチームに属してはおらず、パスカルとオリオンの専属の科学班のリーダーだった。

彼女の役割は、調査そのものよりも、船長や艦長に対して、調査結果の内容を説明し、同時に彼らの疑問を調査隊に伝える点にあった。モーガン船長などはジュリアについて「通訳」と呼ぶこともあるのだが、彼女自身はそれは正鵠《せいこく》を射ていると思っていた。

「私から皆さんに説明する事実は非常に当惑するものです。正直、事態をどう解釈すべきか我々にもわかりかねている。それが正直なところです」

ジュリアの映像の傍《かたわ》らに、軌道上から撮影した惑星カザンの姿が現れた。陸上全体を占める平坦な荒野の中に、数種類しかない植物でできた林がまだらに広がっている。

「皆さんの関心が、第一次調査隊の生存者はどうなったか？　という点であるのは重々承知しております。しかし、第一報だけでなく、その後の追加情報により状況が予想外に複雑であることがわかりました。

そういうことですので、不可解な状況全体から説明したいと思います。まず、この惑星の生態系です。低空飛行しているドローンの映像を見ていただくのが早いでしょう」

映像は低空から撮影したらしい樹木のものに切り替わる。それを目にして、一部からざわめきが起こる。

「おわかりいただけたと思います。これらの植物は、確認できた範囲で、桜、杉、檜《ひのき》、柳、松などです。桜に至っては、ソメイヨシノとの一致率が八〇パーセントに達しています。

第一次調査隊が惑星カザンに到達してから我々が現れるまで、一三年の歳月が流れている計算です。しかし、これらの樹木の中には、どう考えても樹齢二〇年以上のものが多数含まれています。明らかに計算が合いません。さらに不可解なのが、これら平野部の林の中に、惑星カザン由来と思われる植物が一つもないことです。

惑星カザンは核戦争で滅んだというのが、現時点では最も可能性が高いと考えられています。だとしても平地で土着の植物が存在しないとは考えにくい。あるいは戦争の影響による土壌汚染の問題としたら、地球の植物が繁栄しているのは矛盾です。

ちなみに惑星カザンにも地球の森林帯に相当する領域があり、山岳地帯の狭い領域にならこの土着と思われる植物が繁茂《はんも》しています。それらと平地の桜や松などとは共通点はあまりない。進化が異なっているわけです。

さらにここが一番不可解ですが、平地で繁茂している植物の種類は一〇程度に過ぎず、昆虫などの姿は見られない。つまり生態系そのものが成立していない。樹木の生育に必要な他の動植物が存在していないわけです」

そして映像は切り替わり、桜や杉の木の映像が幾つも現れる。そんなものよりも第一次調査隊の生存者だろう、とざわついていた場内も、その映像の不自然さに気がつくと、すぐに静かになった。

「おわかりと思います。植物の種類が極端に少ないだけでなく、その形状も五つか六つしかないのです。誤解を恐れずに言えば、限られた形状のコピーが増えているということになるでしょう。先ほど樹齢について述べましたが、樹齢が古い木は大きさに若干の相違はありますが、形状はほぼ同じです。もっと言えば樹齢と形状は対応している。多様性はほぼありません」

集会場に集められた一部のメンバーは、この画像から予想される次の展開に気がついたのか、驚きの表情を浮かべている。高木はまだその可能性に気がついていないようだが、吉野はジュリアがここまで遠回しに説明している理由の予想がついた。そしてその理由は裏付けられた。

ドローンから撮影されたカザンの人々の姿が現れる。古参のメンバーを中心に、場内は再びざわついた。画像に鮮明に映っていたのは、行方不明の調査船ベアルンのエリザベス・モリス船務長と惑星環境調査班班長王浩《ワンハオ》だった。

「やっぱり、生きていたのか！」

そう言って感動していたのは、吉野の傍にいる高木ばかりではなく、この二人を個人的に知っている人間たちだった。しかし、吉野はこの画像に不気味さを覚えていた。

二人は、調査隊の制服を雑に再現したようなものを着用していた。最も不自然だったのは、徽章《きしょう》がまったく合っていないことで、所属を表す記号は出鱈目《でたらめ》だった。

だが次の映像にその場の人間全員が言葉をなくす。同じ映像の中にモリスが二人、王が三人映っている。そしてその後に続く映像も類似のものだった。飛行するドローンが撮影できた住人の総数は一〇〇人に満たないが、同じ顔の人間が何人もいた。

そして映像は再びジュリアだけに戻る。

「ご覧いただいた通りです。第一次調査隊のメンバーが生存している可能性は確かに高い。しかし、彼らを真似たとしか思えない人間はそれより遥《はる》かに多い。

なぜこうしたことが起きているのか、それについてはドローンの映像だけではまったく分かりません。

この集会を開く直前に吉野班長から提出された資料によれば、本来のカザン人の姿は、広義のヒューマノイドですが、人間とはかなり異なる」

ジュリアが公開したのはロス基地、LUCで発見されたホワイトボードのカザン人の図であった。

「この図が正しければ、カザン人には我々のような頭部はない。だからカザン人は、適切な例えではないかもしれませんが、我々が帽子をかぶる感覚で、頭部の模型を載せている可能性が考えられます。そうだとすれば同じ顔のカザン人が何人もいることは説明できる。

どうしてそうなのか？　それは分かりません。現時点で、第一次調査隊がカザン人によって神格化され、偶像崇拝の対象になったという類《たぐい》の推測をするのは結論を急ぎすぎているというべきでしょう」

ジュリアがそんな仮説を例示し、根拠不十分とわざわざ指摘したのは、そうした結論に飛びつこうとした人間が少なからずいたのだろう。文化人類学を学ぶ人間として、吉野もそうした早急に結論を導きたがる人間は数多く目にしてきた。この点で彼女の仕事の仕方は信頼できた。

「ただ、ここまでの完成度で真似ているからには、カザン人が第一次調査隊と接触を持っていたのは間違いないと考えていいはずです。

現在の惑星カザンの大気組成は概《おおむ》ね地球と同じですが、酸素分圧はやや低い。地球でいえば標高三〇〇〇メートルクラスの山脈の大気組成です。ドローンによる大気サンプルを分析した結果によると、大気中の空間線量に異常はなく、放射性核種をはじめとする有害物質はもちろん、微生物さえ皆無ではないものの著しく少ない。

これら大気組成については幾つか不自然な点はありますが、呼吸可能です。科学班の責任者として、第一次調査隊のメンバーが生存している可能性が出てきた以上、まず惑星に赴《おもむ》き、その確認を最優先すべきと調査隊の皆さんに提案します。

もちろん調査船パスカルをいきなり着陸させるのはあまりにも無謀です。なので、大型シャトルにより選抜メンバーを降下させ、無人地帯に拠点を建設する。そこからカザン人への接触を試みるのが妥当ではないかと考えます」

「科学班長に確認したいことがあるのですがよろしいか？」

そう発言したのは、ほとんどのメンバーが存在も忘れていた加藤黒巳《かとうくろみ》だった。彼の立場は第二次調査隊の中で独特だった。プロジェクトの予算執行の監査のために乗り込んでいるコンサルタント上がりの監査員だった。

だから厳密に言えば、第二次調査隊のメンバーではない。彼のスタッフは一〇人ほどいるが、法務とか経理の専門家だ。ただし吉野が担当する異星人とのコンタクトについてはタッチしない。

彼らの目的は第二次調査隊の出資者の意向を反映し、カザン文明が生み出した、技術や芸術品を持ち帰る点にあった。売却し、調査隊への投資を回収するわけだ。もちろん持ち帰ることのできる物品の量には宇宙船の容積的な限度と法的な制約があった。そのバランスを考えるのが彼の主な役割だ。

だから会議に彼が参加することは不思議ではないものの、発言するとは誰も思っていなかった。

「惑星カザンには価値のある芸術品の類は期待できないのでしょうか?」

ジュリアは言葉を選ぶように、加藤に返答する。

「カザン文明が復興の途上なら、価値のある芸術品はあると思います。何より彼らは人類以外の初めての知性体なのですから」

「ありがとうございます」

加藤はそれで納得したらしい。そしてこの日の会議はこれで終わった。

第一次調査隊の生存者がいる可能性が明らかになった時点で、無線通信や巡洋艦オリオンによる軌道上からの発光信号など意思疎通の試みは行われたが、何の反応もなかった。

軌道上から観察してカザン人の都市や集落と思われるものは惑星全体で一〇〇以上確認す

ることができたが、軌道上からはもちろん、ドローンによる空中からの映像でも不可解な点が多かった。

産業が何かもわからなければ、都市や集落の間の交流も少なく、完全に孤立している集落さえある。ただ集落の近くには必ず沼もしくは湖があった。都市に水源が必要なのは当然としても、湖や沼さえあれば都市があるかと言えばそうではない。

都市の近くにある沼や湖は、河川とはまったく繋《つな》がっておらず、湧水《ゆうすい》が溜《た》まったことで沼や湖が作られていた。理由はわからない。核戦争後に汚染された水源を避けるために、湧水に依存したとも考えられるが、根拠には欠ける。

そうした中で、例外的に規模の大きな都市に調査隊は接触を試みることとなった。つまり選抜メンバーを惑星カザンに降ろすのだ。

降下候補地の近辺には、推定一万人以上のカザン人が生活する都市が四つあった。それらには便宜的にニューヨーク、ベルリン、シャンハイ、トウキョウという都市名が振られた。これらの都市は都市の規模に比例するかのように、大きな湖を伴っていた。

最大の都市はニューヨークで、他の三つの都市はそれぞれが一つの街道によりニューヨークと交通を持っていた。ただし、トウキョウ、ベルリン、シャンハイは直接の相互交流はできず、互いに行き来するにはニューヨークを介する必要があった。

だから調査隊はまずニューヨークに移動し、そこでカザン人と接触することとなった。もしも第一次調査隊の生存者がいたとすれば、ここで生活している可能性が高いとの判断だ。もちろんいきなりニューヨークに降下するなどというのは、無用な軋轢《あつれき》を生むだけに終わるだろう。だからニューヨークに近い荒野に最初の拠点を築くこととなった。

じつはニューヨークが選ばれたのには、もう一つの理由がある。探査衛星のレーダーセンシングにより、地下に大規模な空洞が見られたためだ。推定で地上から一〇〇メートル以上の深度にあるためレーダーの解像度も悪いので、それが巨大な鍾乳洞《しょうにゅうどう》のようなものか、それとも鉱山跡地あるいは地下都市なのかはわからない。

赤外線も電波も感知できないため、少なくともリモートセンシングレベルでは、そこが活動している地下都市とは思えなかった。ただ衛星ロスでは核戦争の痕跡も認められたため、シェルターの可能性も捨てきれない。

吉野たちも現時点ではどうやって地下一〇〇メートルを掘削して地下空間の調査を行うのか方針も立てられなかったが、先のことを考えるなら、近くに拠点を建設すべきなのは明らかだった。

調査船パスカルには、地上に大量の物資を投下するための使い捨ての降下カプセル四基があった。カプセルそのものはその場で3Dプリンターで作り上げるのだが、材料が四基分あるということだ。

このカプセルは五階建てのマンションほどの大きさがあり、積み込んだ物資を外部に展開すれば、少しの工事で居住区としても活用できた。まずは降下カプセルが一つ製造され、拠点構築の準備が進められた。

このカプセルは物資の投下専用で、人間はシャトルで移動する。パスカルにはアルバトロスという大型シャトルが一機、キャメル1とキャメル2の中型シャトルが二機、そして小型シャトルのモスキート1があった。

今回、最初に降下するスタッフはキャメル1で移動する。独立して活動できる最小構成のチームが中型シャトルの定員だ。概ね五〇人規模である。

拠点が完成してからは人間の移動は小型シャトルのモスキート1で行う。こちらの定員は一〇人程度だが、通常はこれで十分だろう。

シャトルは巡洋艦オリオンにも搭載されているが、こちらには戦闘モジュールが装備されている関係で、シャトルは中型のキャメル3と小型のモスキート2しかない。

着陸機材の準備は基本的な装備についてはパッケージ化されているので、それを積み込むだけで済んだ。問題は最初の降下チームの人選だった。

緊急時には中型シャトル一機で脱出できるように、最大で五〇人とされた。シャトルの操縦と整備に五人が必要で、拠点の管理に五人。さらに第一次調査隊の生存者がいる可能性が高いために、調査隊の医療スタッフから幹部要員のマテウシュ・コヴァルスキー医師と副看護師長のエミリー・北村《きたむら》ら医療チームが五人選ばれた。ここまではある程度は規定の人選である。

問題は残り三五人の調査チームだった。そしてこの人選は難航した。生存者からの聞き取りやカザン人との交渉などのため、最低でも一人は調査隊の意思決定について権限のある人物でなければならず、これは惑星環境調査班のエレナ・ビアンキかカザン文明調査班の吉野悠人《ゆうと》のどちらかであることは地球を出発する時から決まっていた。最終的には惑星カザンの状況で判断とされていたが、生存者を自分たちが救助する過程で、カザン人との交渉が不可欠との観点より吉野班長となった。

この場合、万が一のことを考えて副班長の二人、つまりリー・高木と山崎光一は調査船パスカルに残らねばならない。吉野が職務を果たせない場合に、その任務を代行するためだ。

だが、ここでリー・高木が降下チームへの参加を志願した。彼は船内の吉野の執務室に直《じか》談判《だんぱん》に訪れた。

班長とはいえ、宇宙船の居住区画の都合で、執務室は客人を二人も招けば満杯になるくらいの広さしかない。もっとも船内は通信設備が充実しており、直接顔を合わせなくとも仕事はできるようになっていた。

「私も降下チームに加えてください」

高木はやれと言ったなら土下座しかねない様子で吉野に迫った。

「ソヨンのことか?」

吉野は単刀直入に尋ねた。

「私は彼女を見送ってからの二〇年、この時を待っていたんです」

高木はそれで十分だろうという態度を隠さない。

「私も二〇年待っていたさ。いや、第二次調査隊に参加しているスタッフの多くがそうだ。そうした中で君だけを規則を変えて降下チームに加える理由があるのか？　君は二〇年待ったというが、そもそもこの調査隊に参加したくても参加できなかった研究者は今回のメンバーの数倍はいたのだ。

そうした人たちのことを考えたなら、選抜されて第二次調査隊に参加している我々には、選ばれたものとしての責任がある。第二次調査隊は情報を持って地球に帰還する義務がある。我々の作業手順はその観点で作成された。

私が降下して、副班長の君らが残る。それもまた調査を成功させるための手順であり、自分たちの義務と責任を果たすためのものだ。違うかね？」

「地球から一万光年も離れているのに、規則がそんなに重要なんですか！」

「地球から一万光年離れているからこそ、我々自身が規律に従わねばならない。地球から離れたから規則など無視して良いとなれば、船内の秩序は失われ、暴力が支配する段階まで退行するだろう。

そして我々は規則に則《のっと》り、この船内の人間社会を、人間の秩序を維持する責任を負っている。それくらいわからぬわけでもあるまい」

吉野とて高木の気持ちはわからないではなかったが、それを理由に規則を曲げるつもりはなかった。この調査隊に個人的な思いを抱《いだ》いて参加しているのは高木だけではない。第一次調査隊に友人知人がいたメンバーにしても、高木の他にもいくらでもいる。

だから彼を特別扱いすれば、それは高木だけでは終わらない。同様の事情の他の隊員も特別扱いしなければならなくなる。それを許せば、特別の事情のない隊員についても同じような処遇を認めなければならなくなる。そうして社会は無秩序に至る。

高木のような優秀だが経験の浅い隊員には腑《ふ》に落ちないのも仕方がないが、調査隊あるいは宇宙船内の人間関係は、規模は小さくとも社会そのものだ。吉野が力説する規則とは、船内のローカルルールではない。人間社会を機能させる原則なのだ。それだけに蔑《ないがし》ろにはできない。

調査活動の現場では、時として犯罪が起こり、責任ある立場の人間たちが該当者を裁くようなことも起きていた。調査活動の性質から、裁判のためにそれが可能な星系へ何百光年もワープするわけにはいかないからだ。

調査船のエリザベス・モーガン船長や巡洋艦の白鳥信之《しらとりのぶゆき》艦長が法務官としての資格を有しているのも、そうした事態に対処するためだった。それくらいのことは高木なら理解していると思っていた。しかし、どうやらその判断は間違っていたようだ。

「とりあえず戻りなさい。これ以上、君がその主張を覆《くつがえ》さないというならば、君を副班長の任から解かねばならない」

「あなたにそんな権限はないはずだ」

「こういう時だけは、君も規則を重視するのか。まぁ、それはいい。確かに班長の私に君の職を解く権限はない。それは調査隊長と他のチームリーダーによる評議会で決定する。だが、彼らが私の要求を拒否することは考えにくい。それはわかるだろう」

「わかりました、失礼します」

高木はそれだけいうと、吉野の執務室を出て行った。吉野はなんとも言えない徒労感を覚えた。調査船ベアルンよりも改良されたパスカルでも一万光年をワープするには五年かかる。そのため調査隊のメンバーの選抜は慎重に行われたのではなかったか。にもかかわらず、高木のようなメンバーが現れた。副班長の高木でこれなら、類似の問題はこれからも続くかもしれない。それが吉野を疲れさせたのだ。

だが吉野の予想はまだ甘かった。それを教えてくれたのは、惑星環境調査班のエレナ・ビアンキだった。高木がやってきた翌日に、さしで夕食に誘われたのだ。

夕食に誘われたとはいえ、船内の食堂に個室ブースなどはなく、エレナの執務室に食事を運んでの会食だ。メニューも食堂のものと同じであり、船内食堂のレベルは高いとはいえ、豪華なホテルディナーのようにはいかなかった。

エレナの夕食の誘いを吉野はそこまで不自然には思わなかった。彼は惑星カザンに降下するが、エレナもまた衛星ロスのLUCの調査に従事することになっていたからだ。二人はしばらくは調査船パスカルに戻ることはないのだ。

だから夕食の話題もそんな話だろうと思っていた。しかし、彼女が口にしたのはまったく別のことだった。

「高木とトラブルがあったの？」

「トラブルってほどのことはない。先発隊に参加したいと言ってきたから、規則でそれはできないと言った。それだけだ。何か話題になってるのか？」

それはないと吉野は思っていた。食堂でもそんな噂《うわさ》はなかったし、乗員たちの吉野に対する態度も変わっていない印象だ。

「リー・高木から吉野悠人の解任動議が提出された。状況の変化を前にしても規則を盾に柔軟な対応を拒否したのはチームのリーダーとしては不適という趣旨のこと」

「解任動議……」

吉野は高木に対して怒るよりも呆《あき》れていた。ここで解任動議など出しても通るわけがないではないか。惑星の調査はほとんど始まってもいないのだ。

「動議はアンナの調査隊長裁定で即時棄却。あなた以外の幹部要員からもその裁定に異論は出なかった」

「知らなかった。噂にもなっていないしな」

「噂になるわけないでしょ。五分で却下されるような馬鹿げた案件なのよ。動議を知るのは幹部クラスだけだし、高木が吹聴《ふいちょう》しない限り噂にさえならない。そもそも該当するような事実もない。まぁ、高木は色々と書いていたけど」

その話に驚いた吉野だが、すぐにここで気がつく。

「そうした動議に対して、当事者に情報を流すのは規約違反になるんじゃないか？」

「なら、あなたこの件で高木に報復する？」

「いや、そんなわけないだろ」

「なら問題ないでしょ。あなたが高木に報復したら、その責任は情報を伝えた私が負う。教えたからには、私も一蓮托生《いちれんたくしょう》」

「相変わらずだな」

「相変わらず、何？」

「相変わらずは、相変わらずだよ」

「まぁ、一万光年ワープしたって、人はそうそう変わらない。あなたも私も、高木も」

エレナは何か遠くを見ているような視線を向けた。

「何か思い当たることでも？」

「惑星カザンの第一次調査隊が派遣される直前に、イ・ソヨンと私が調査活動に派遣されたことは知ってる?」

「GCC56星系だったか?」

「そこよ」

吉野は思い出していた。GCC56星系はGCH32のように一万光年も離れてはおらず、一回のワープで移動できる近距離星系であり、人類の版図の中では初期の植民地の一つだった。

植民星系としては歴史のあるGCC56星系には惑星ルミナスという地球型惑星があった。「光を放つ」との意味を持つこの惑星名は惑星の地磁気が強く、恒星活動の状況によっては比較的低緯度の領域でもオーロラが観測されることに由来する。時には赤道近くでも夜空が紅《くれない》に染まることさえあった。

だが植民してから二世紀の間に、惑星ルミナスの環境は急激に悪化していった。気候変動が激しくなり、記録破りの灼熱《しゃくねつ》期が来たかと思えば、一夜にして急激な寒冷期に変わるようなことが起こったのだ。それは単純な温暖化でも寒冷化でもなかった。

惑星環境悪化のメカニズムは単純ではなかった。ルミナス人たちは、当初、急増した人口による環境汚染が原因と考えていた。

このため古くから住んでいる入植者と新規に移住してきた入植者との間に対立が起こり、それがルミナス社会の文化の分断にまで拡大してしまう。そうした中でルミナス政府も手を尽くすが環境悪化は止まらなかった。それは食糧不足にもつながり社会不安はますます拡大した。

地球政府もこの問題を放置できず、エレナたちの調査隊が派遣されたのだ。最終的に惑星環境の悪化は人口急増の影響というよりも、惑星ルミナスの強い磁場の変動周期と恒星の活動期の合致により一〇〇〇年以上の周期性を持つ現象の結果であることが明らかになっていた。

環境悪化の原因が明らかにされたことで、対応策も明確となった。ルミナス社会の社会問題のあるものは解消する一方で、対応策に伴う別の対立も生じることとなったが、総じて事態は沈静化に向かった。

エレナとソヨンは、この惑星ルミナスにおける惑星環境の変化と社会変動の関係性について研究をまとめあげた。専門分野の異なる二人の研究成果により、惑星ルミナスの環境問題が解決に向かったことなどが二人の名声を高めていた。

「あの調査プロジェクトから私たちは、連絡を取り合うようになった。そうした中で高木の話題もでる。

それでね、高木が思っているほど、ソヨンは結婚を重視していなかった。一言でまとめると、そういうこと。ソヨンだけがＧＣＨ３２星系に調査に赴いたのも、高木との生活より自分のキャリアアップを優先したから」

「まぁ、そんなのは別に珍しい話じゃなかろう」

結婚という制度はこんにちでも残っていたが、その意味は数世紀前とは違っているばかりでなく、植民星系によっても差異があった。言い換えるなら、結婚と一言でいってもその意味するところは一つではない。

最大公約数的にいえば、「自由意志を持った二人以上の人間の対等な権利契約に基づく共同生活関係」となるだろう。ただその人間の過ごした社会文化の違いにより「対等な権利契約に基づく共同生活関係」は複数の意味を持った。

長年生活をともにする人たちが、自分たちは結婚しているかどうかについて認識が異なることも珍しくない。だからソヨンと高木との間に結婚に対する意識の違いがあっても、吉野には特に思うこともなかった。

「ソヨンの考え方はそうでしょう。でも高木は違っていた。彼は自分よりも順調にキャリアアップを進めているソヨンが、自分よりもレベルの高い相手とパートナーになることを恐れていた。だから結婚という枷《かせ》をはめたかった。少なくともソヨンはそう解釈した。

それでGCH32の調査プロジェクトに彼女は志願し、選ばれた。高木も志願したが選に漏れた」

「高木も志願したのか？　ソヨンのキャリアを応援するため、自分は諦めたと本人からは聞いてるが」

「あなたが知らないのも無理はない。志願して選ばれなかったとしても、それは経歴に残らないもの。経歴に残るのは選ばれた経験だけ、知ってるとは思うけど。だから高木が身を引いたというのは事実だとしても、理由は第一次調査隊のメンバーに不適と判断されたため。なぜ知ってるかと言えば、高木はソヨンに自分も志願したことを話していたから。しかも、彼はソヨンに対して、彼女が不採用だったら自分も辞退するとまで言っていた。結果はその逆だった」

そこまで聞いて吉野はますますわからなくなった。ソヨンが選ばれ、高木が選ばれなかったことと、今回の解任動議がどう繋がるとエレナは言うのか？

「それとこれと何の関係があるんだ？　そう思ってるんじゃないの、悠人？」

「そう思ってる。他に考えようがないだろ」

「だろうなぁ。まず高木は第二次調査隊のメンバーに選ばれるために、かなり早くから行動していた。第一次調査隊が遭難するとは思っていなかったとしても、二次調査隊派遣の準備は始まっていたからね。

高木は、第二次調査隊の文明調査班の編成では、自分が班長になると信じていたらしいのね。これは今回の解任動議に関わってＡＩにより提出された資料にあった。だけど副班長にはなれたけど、班長にはなれなかった」

「それで？　まさか逆恨みとか？」

「いや、そういう単純な話じゃないの。そもそも調査開始早々に上司の解任動議を出すような人間が、どうして第二次調査隊に選ばれるの？　しかも、第一次の選考に漏れた人物が？」

言われれば、それはおかしな話だった。恒星間宇宙船が巨大といっても高が知れている。人工冬眠をする時間を差し引いても、狭い船内で過ごす時間は長い。だからこそ調査隊のメンバーには協調性などが重視される。そうした前提からすれば高木の行動はおかしいのだ。

「確かに、高木の行動は選考結果と矛盾する」

「考えられることは二つ。

一つは、選考時の高木のプロファイリングに致命的な見落としなりミスがある。

もう一つは、ソヨンへの固執から推測して、本件に関して彼は我々の知らない情報を持っている。その情報が彼に解任動議を提出させた」

「つまり、何が言いたいんだ？」

「アンナの調査隊長権限で、高木をあなたと共に惑星カザンに第一陣として降下させる。そこで高木の反応を見る」

「高木を惑星に降ろして監視しろと？」

「我々は過剰反応しているかもしれない。でも、それがわかるまでは、高木は爆弾を抱《かか》えているという前提で動く。それが危機管理ってこと」

「監視するなら宇宙船内の方がいいだろう」

「監視のための監視では意味がないの。高木の不可解な行動の理由を明らかにすることが重要なの。調査隊メンバー選考時のプロファイリング手法に欠陥があるならば、問題は我々だけにはとどまらない。逆にプロファイリングに問題がないならば、彼だけが持つ秘密の存在は我々のミッションを失敗させかねない。それが個人的な秘密ならまだしも、何らかの組織的な陰謀だったら調査隊そのものを危険に晒《さら》す」

「つまり危険人物を宇宙船の外に出すってことか?」

エレナはそれを否定しない。

「忘れないで、第一次調査隊は遭難したってことを。考えすぎかもしれないけど、それが何か破壊工作の類《たぐい》なら、我々もまたターゲットになりえる」

エレナとの食事は心地よいものだった。とはいえ高木の話はやはりショックだった。

自室に戻った吉野は、少し躊躇《ためら》った末に自分のパーソナルエージェントを呼び出す。呼び出しながらなお彼にはわずかながら後悔の念があった。それでも酔いも手伝って、彼はその仮想人格が立体映像として現れるのを待った。

「久々に呼び出すなんて、何か私にしか話せないことでもあるの?」

吉野の前に現れた女性。それは亡き妻である蒼井《あおい》だった。こんにちの技術でも人間の意識を機械に移植することには成功していない。ただ蒼井を見る視線、つまり監視カメラや個人のウエアラブルデバイスなどの情報は豊富にAIの中に記録されている。さらに彼女自身のウエアラブルデバイスの情報も記録され、生前の蒼井の承諾のもと、それらのデータの管理権は残された家族である吉野にあった。そして吉野は、それをエージェントAIとしての蒼井の再現のために提供していた。

蒼井に限らず現代人は、程度の差はあるもののAIの恩恵を受けて暮らしていた。ある人物が生まれてから亡くなるまでの間、生活環境の低レベルから高レベルまで、様々なエージェントAIが生活を支え続けた。

たとえば健康一つとっても、ユーザーが快適に生活をできるように、エアコンの設定を最適に保つことだけに特化したAIから、生活動態から健康状況を判定し、適切な医学的な助言をするようなAIまで様々なレベルのAIがあり、またそれらのAIは相互に情報交換を行っていた。

こうしたAIが蓄積したデータをもってしても蒼井の内面、つまり彼女の意識を再現することはできなかった。だが、それは夫だった吉野にせよ、蒼井を知る他の人間にせよ同じことだ。何人《なんぴと》であれ、他人の内面にある意識は理解できない。

理解できるのは、その人物と自分のやり取りの中で作り上げたモデル、つまり人物像の反応だけだ。ある状況における相手の行動予測と、実際の行動とに齟齬《そご》が少なければ少ないほど、自分は相手を理解できていると納得できる。

つまり吉野が妻の蒼井を理解しているというのは、外から見た蒼井の反応から、吉野が心の中に推測して作り上げてきた蒼井モデルの精度が高いということだ。この点では蒼井の生活を維持してきたＡＩ群が蓄積してきたデータの方が量も精度も高い。そのデータからエージェントＡＩの中に構築した蒼井が、彼が知っている蒼井の反応と同じであっても、そこにおかしな点は何もないのだ。

特に蒼井の出身地である惑星カンザリアは、地球以上に生活をＡＩが支える社会だった。太陽系から見てそれほど遠くない領域を移動していた放浪惑星カンザリアは、恒星を持たない酷寒の惑星ながら、火山活動は活発で、地下には独自の生態系があった。また深海も凍結をまぬがれ、特殊な生態系が存在していた。

この独自生態系の研究と生物資源確保のため、地下に巨大都市が建設された。こうした特殊環境において住人の安全を確保するために、各種のＡＩエージェントが必要だったのだ。カンザリア社会に姓が存在しないのも、エージェント機能を背景とした行政の自動化により、戸籍が不要であるためだ。

じっさい彼が私財の半分を投入して作らせた蒼井の仮想人格は、長年連れ添った吉野でさえ、ＡＩの再現とはわからないほどだった。最初に言葉を交わした時、吉野は思わず「生きていたのか」と口走ってしまった。

ただそうして再現した蒼井との生活は長くは続かなかった。理由は彼女の再現性があまりにも高かったためだ。吉野はある種の恐怖をすら感じた。

ＡＩが人間に似過ぎるという不気味の谷のような話ではない。亡き妻である蒼井の再現度はいまがピークなのだ。だがエージェントＡＩである蒼井との生活を続けてゆけばゆくほど、ＡＩ蒼井は日々の生活学習でモデルを修正し、変質してゆく。

つまり人間であった蒼井と蒼井ＡＩは急激に乖離《かいり》してゆく。それは再現した蒼井の人格を、ゆっくりと自分の都合で殺してゆく行為に他ならないのではないか？　そんなことを考えてしまうと、吉野は妻の人格を模したパーソナルエージェントを起動することができなくなった。

それが馬鹿げた考えなのは吉野も理性の部分では理解している。ただ感情が追いつかない。カウンセリングも受けてきたが、いまだに妻の死を自分は受け止めきれていないのだ。

だが今回の高木の件は、吉野の何かを変えたのだ。高木のソヨンとの関係に自分と蒼井の関係と通じる何かを見たのかもしれない。

「君にしか話せないことか。そうなんだ」

吉野はエレナから聞いた話を、蒼井に説明する。ＡＩは完璧に蒼井を再現した。彼女ならそうしたように、吉野の説明の曖昧な部分を蒼井ＡＩは的確に指摘し、時には彼の説明を要約して確認した。何より映像の蒼井の仕草は、細かい点まで記憶の中の蒼井と一致した。

「それって、悠人が抱える問題じゃなくて、高木が自分で解決すべき問題じゃないかな。高木の行動は明らかに馬鹿げているし、知られている限り、彼はそうした行動をとる人間ではない。

だけど、通りもしない解任動議を出したのは、心理的に強い怯《おび》えがあるからだと思う。婚約者が生きている可能性が高木の感情を動かしたとしたら、解任動議ではなくて、シャトルへの密航を考えたと思う」

「何かに怯えてる……」

確かに何かに怯えているなら、高木の行動はずっと理解しやすくなる。しかし、何に怯えるというのか？　先遣隊に選ばれたが惑星カザンで死ぬのが怖いからパスカルから降りないというなら話はわかる。惑星カザンへの降下は、相応に危険を伴う。だが高木の主張は逆なのだ。彼は自分をいち早く降下させろと言っているのだ。

「何に怯えているのだろう？」

「そこまではわからない。第一次調査隊の遭難、とくに名前を出してたソヨンの死を恐怖していたのかな。婚約者だし。なんかそれって悠人にも似てるわね」

蒼井にそう指摘され、吉野は何も反論できなかった。蒼井との会話はそれで終わった。

調査船パスカルより発進した中型シャトル・キャメル1は惑星カザン上空を旋回しつつ、全体を観測しながらカザン人の都市、ニューヨーク近くの荒野に向かった。降下チームの指揮官は吉野が担当することとなった。カザン人とのコンタクトが生じたら、それも彼が担当する。

吉野は降下チームだったが、惑星環境調査班のエレナ・ビアンキは衛星ロスに残っていた。調査隊の幹部全員が惑星カザンに降下するわけにはいかないためで、しかも今回は特例でカザン文明調査班の副班長のリー・高木まで降ろしているため、惑星環境調査班からは副班長のリカルド・サントスがエレナの代わりにメンバーに加わっていた。

狭い宇宙船である、本来ならそうしたことは起きないはずだったが、宇宙船という閉鎖空間では隠し事はできないということだろう。高木が上司の解任動議を提出したことはすでに降下チームの全員にとって周知の事実だった。吉野はそれでもエレナと話したこともあり、あまり気にしていなかった。むしろ高木の方が吉野と距離を置いている節がある。

もとよりシャトル内も非常事態に備えて余裕のある設計なのと、船内の意思の疎通は対面で行う必要もないため、離れていても作業に差し支えはない。仕事そのものは必要ならチーム全体が一つの仮想空間を共有できるから、それを使えばいいのである。

このような事情から吉野の隣席にいたのは、リカルドだった。そしてリカルドはシャトルからの映像に盛んに首を捻《ひね》っていた。

「どうした?」

「いや、吉野班長、惑星カザンの地表がおかしいんですよ。核戦争の影響か何か知りませんが、この惑星では平野部の植生が都市部周辺に限られていた。それが我々が地上降下の準備を始めたあたりから急拡大し始めたんですよ。現時点で、惑星到着時より一三パーセントは緑地帯が拡大しています。惑星の地表は泥が堆積しているだけですから、緑地帯の拡大を見間違うわけがありません」

「我々が現れたせい……な、訳はないか」

それは常識以前の話だ。惑星には文明が復興しつつあるようだから、カザン人が軌道上の彼らの宇宙船を発見し、何らかの方法で信号を送ってきたというなら話はわかる。しかし、緑地帯が拡大するというのは明らかにおかしい。

とはいえこれを偶然で片付けてしまうのもまた、科学者として正しい態度とはいえないだろう。

「特に惑星環境に変化を及ぼすような要因はないはずなんですが」

しかし、キャメル1が目的地に到着した時、不可解なことはさらに起きていた。事前に宇宙船から降下させた、降下カプセル1の周辺が草木に覆われていたのだ。それはありえないはずだった。なぜなら降下地点は砂漠を選んでいたからだ。一夜にして砂漠が緑地帯になったことになる。

吉野は無人の降下カプセルにアクセスし、周辺部を記録したカメラ映像を確認した。そこには草原の一年の変化を早送りしたかのように、一夜で砂漠が草原になってゆく姿が映し出されていた。

吉野がこのデータを乗員たちと共有すると、シャトルの機長の判断で、キャメル1は当初の予定とは異なり、降下カプセル1の近くではなく、草一本生えていない荒地に着陸することとなった。距離にして五キロほどだが、シャトルのバギーで降下カプセルまで行って、そこから大型車両を降ろしてシャトルまで戻る必要があった。

すでに事前に降下させたドローンにより、放射線レベルは正常であり、大気中に有害物質も、有害な微生物も存在しないことは確認されていた。それでも第一陣は基礎免疫を活性化させる薬剤を投与され、惑星カザンに降り立った。

吉野も惑星カザンの土を踏んだが、その感触は思っていたものとは違っていた。見た目で粘土質の土壌《どじょう》を想像していたのだが、実際の感触は微細な砂を踏み締めた感じだ。ただ単純に砂でもない。足裏と土壌の接触角度で、硬さというか、感触が違う。特定の方向性で粘性が変化するような印象を吉野は受けた。

しかし、それだけでは終わらなかった。乗員たちが地上に降り立つと、ガラスにヒビが入るような音とともに、突如として彼らの足元の地面に放射状の亀裂が走ってゆく。

その場の全員が、予想外の出来事に動けない。その間にも亀裂は走り続け、やがて近くにいた人間から発した割れ目と交差する。

亀裂はそこで一筋に合流し、小川が集結して大河となるように降下カプセルの方向に向けて太い線となって伸びてゆく。

そうした線は一本ではなく、総数は一〇ほどにもなった。互いに、並走するようにして、降下カプセルへと向かう。

「一旦、シャトルに戻れ！」

吉野が全員に指示を出す。幸いにも降りたメンバーは少なかったので、すぐに全員がシャトルに戻ることができた。

「リカルド！　靴底の砂を分析してくれ！　何か生物痕が発見できるかもしれん」

リカルドはすぐにスタッフと共に、掃除機で砂を吸い取り始める。吉野はそれと並行して、軌道上のパスカルとオリオンに後続チームの降下は一度、中止するよう提言した。

シャトルの運用スタッフには、機器点検と常時モニターを指示した。この時点で吉野は、この不可解な現象を何か生物学的なものと考えたのだ。もちろん類似事例があったわけではないが、その前提で乗員の安全を優先した。

生物学的な現象であれば、シャトル内部の方が外よりは安全であろう。もっともすでに砂を船内に持ち込んだ時点で、乗員の多くが何らかの微生物に汚染されている可能性もある。だからこそシャトルのセンサーを動員し、その情報を軌道上のパスカルに送るのだ。

ドローンなどで十分な準備をしたはずだが、それとて完璧ではない。何より第一次調査隊は戻ってこなかった。だから最初の降下チームは「帰還できないかもしれない」可能性を承知していた。

とはいえ誰も帰還できないような事態が生じるとは思っていなかった。しかし矛盾《むじゅん》するようだが、彼らは一方で自分たちが最悪の事態に巻き込まれることも覚悟した。想定外のことが起きていることが彼らを混乱させ、矛盾する感情を掻《か》き立てる。

「吉野班長、来てください！」

リカルドが叫ぶ。狭いシャトルの内部である。砂の分析が終わったことは全員に知れ渡る。それも計算しての呼びかけだ。だから彼は砂の拡大図をシャトルのメインモニターに表示した。

「結晶なのか？」

吉野がそれを見た第一印象は、結晶だった。砂はほぼ同じ大きさで、五種類に分類された。そしてどの種類の砂も、確認される限りすべて同一に見えた。地球なら一握りの砂でさえ、一つとして同じ砂つぶを含まないのに、シャトルの周辺ではその常識が通用しない。土壌の砂はこの五種類しか見られない。

自分たちはこの降下地点を、カザン人の都市から適度に離れている砂漠という条件でしか選んでいない。何か特徴のある土地ではないことを考えると、信じ難《がた》いが惑星の地表の砂がすべて、この五種類の結晶のいずれかである可能性もあった。

「結晶のように見えますが、単一の分子もしくは原子の結晶体ではありません。X線解析では、鉄やアルミ、珪素《けいそ》など複数の元素からなり、内部には明らかに微細パーツが連結した構造を持っています。一言でいえば、機械もしくは機械でできた細胞のようなものです」

「細胞として、生きているのか？」

「靴についていたものに限るなら、活動はしていません。エネルギーの欠乏によるものでしょう。電位の変化や燃料として作用するエネルギー物質の類はいまのところ認められていません。

ただ外部からエネルギーを供給された場合、何かしらの活動をする可能性があります。現時点では惑星カザンの文明崩壊とこの砂との関連は不明です。この砂が惑星の表面を覆ったから文明が崩壊したのか、あるいは文明崩壊の結果、この砂が地表を埋め尽くすに至ったのか。両者に何の関係もない可能性さえあります。

それで地面を筋のようなものが放射状に走った理由ですが、現状でもっとも合理的な仮説は、シャトルの噴射による熱エネルギーにより、これらの機械が動いたというものでしょう」

リカルドの仮説と砂のデータはそのまま軌道上のパスカルとオリオンにも送られた。パスカルの解析AIはデータから、砂の構造がより微細なパーツから構成される構造を持ち、予想以上に複雑精緻であり、五種類に分類される結晶状の粒は、ブロックのような汎用部品ではないかと推論した。

ＡＩによれば惑星全体がこの部品で覆われたことで、これを組み立てる機械があれば、どんな機械でも組み立てることができる。つまり砂はブロックであり、ブロックを取り入れ、より巨大な機械を組み立てる装置が存在するはずという推論だ。

「吉野の意見はどう？」

軌道上のアンナ・ベッカー隊長が尋ねる。映像はモニターにより全員が共有していた。

「この砂が何かの部品というのはＸ線解析まで行っていますから、その分析に大きな過ちはないと思う。

ただ、この砂を材料とする組み立て装置が存在するというＡＩの推論には疑問がある。カザン文明がどのような文明であったのかは、これからの研究課題だが、衛星ロスの遺跡、ＬＵＣからＡＩが推測する技術文明にはあまりにも隔たりが大きすぎる。何よりＬＵＣからはこうした砂は回収されていない。

現在のところＬＵＣが活動を停止したのとカザン文明の崩壊は同時期と考えられている。ならば母星と衛星のこの違いは何に由来するのか？　そこが疑問として残る」

「こちらでも確認した。低軌道偵察衛星の観測結果によると、キャメル１と降下カプセル１の間に微弱だが帯状に赤外線反応がつながっている。温度が上昇した発熱部分だけではなく、温度が低下した吸熱部分もある。

惑星カザンの地表がこの砂のような部品の集合体なら、惑星地表部の反射能《アルベド》が低いことを考えると、GCH32からの輻射熱《ふくしやねつ》を吸収し続けていたはず。

普通は大陸規模で砂の間をゆっくりと熱が伝導していたはずが、宇宙から我々がシャトルの着陸という形で刺激を与えてしまった。熱の平衡状態が壊れ、急激な反応が起きて、地表に動きが起きた。

こちらで観測できたのはここまで。地表の動きの具体的なメカニズムは不明」

科学班長のジュリア・コンティがアンナに続いて情報を公開した。

「科学班長としての意見を述べるなら、いまの現象により、蓄積していた周辺のエネルギーは放出されたと思う」

「それは安全ということか？」

吉野に対して、ジュリアは指摘する。

「科学班長として言えるのは、蓄積していたエネルギーポテンシャルは解消されたということだけ。安全かどうかの判断は、また次元が違う。ただ私がそこにいたら、ハッチを開けて外に出る」

「君は我々以上に冒険家だからな。外に未知の動物がいてもハッチを開けるだろ」

「そういうものを調査するためにやってきたんだもの、当然でしょう」

「偵察衛星が次に通過するのは九〇分後か？」

「それは衛星の周期。通過してからデータをまとめて報告しているから、次にその周辺を観測できるのは三〇分後。それを過ぎたら衛星のカメラの視界の外になるから、現在地を観測できるのは半日先かな」

「なら、あと三〇分待つ。それで変化が認められないなら、調査活動を再開する」

「ドローンじゃダメなの？　そっちの方が手っ取り早いけど」

「ドローンはもちろん活用する。ただこの現象が、局地的なものか、あるいは大陸レベルの変化なのかは確認したい。そうなれば衛星しかないだろう」

「なるほど、了解した。隊長の意見は？」

「吉野の提案を支持します。それで進めて」

隊長からの許可も降りたが、内心では吉野もこのような采配《さいはい》が正しいのか自信があったわけではなかった。明らかに間違っているとは思わなかったが、前例のない事態であり、なおかつ前の調査隊は遭難しているとなれば、これでいいのかという疑念は常に付きまとう。

ただ三〇分待ったことは無駄ではなかった。偵察衛星は不思議な動きを捉えていた。

「降下カプセルの周辺で緑地帯が拡大している。先ほどの画像と比較すると、緑地帯の拡大はそちらに向かっている。いまの速度を維持するなら一〇分ほどで、そちらに到達するはず」

ジュリアは当惑気味に、結果を知らせてくれた。そして一〇分後、キャメル1の周囲に草が生え始めた。映像で見る限り、ごく普通の芝である。そしてさらに数分後にはキャメル1

の周囲は芝生に覆われていた。

「班長、ＡＩの画像分析によると、この植物は地球の芝と完全に一致します。形状だけいえば、我々は芝生に囲まれています」

リカルドの解析を待つまでもなく、キャメル１の周囲が一面の芝生なのは窓から見るだけでわかった。しかし、同時に、芝生がこのような形で繁茂《はんも》しないこともわかっていた。

一方、シャトルに対しては何の変化も起きていない。変化らしい変化は芝生だけだ。

「ジュリア、私のバイタルモニターはそちらで受信できるか？」

「シャトルから中継している限りはもちろん可能だけど、どうして？」

「短時間だが我々は船外に出て活動したが、その時点では命に関わるようなことは起きていない。この芝生にしても不可解な現象ではあるが、生命に関わるものとも思えない。

だからまず私が外に出る。問題はないはずだが、私のバイタルデータはキャメル１だけではなく、パスカルからもモニターしてほしい」

ジュリアはアンナと何か相談しているようだったが、すぐに返事が来た。

「基本的に吉野案を許可するが、バイタルデータのセンサーは可能な限り増やすこと。何かあった場合に、それが原因究明の貴重なヒントを送ってくれるはず。何も起きなかったとしても、バイタルデータがなければ本当に何も起きていないことを確認できないから」

そうしてジュリアは吉野の身体に取り付けるセンサーの一覧を送ってきた。驚いたのは、鼻腔《びくう》や口腔《こうくう》にまでセンサーを取り付けることだった。心電図と血圧計程度と軽く考えていた吉野の予想をはるかに超えている。

「ジュリア、ここまで必要か？」

「大気中の何かとアレルギー反応を起こす可能性もある。誤って吸い込んだ砂つぶが体温で動き出さないとも限らない。

ナノマシンって知ってる？　超小型のロボットみたいなシステム」

「インセクトロボットのことか？」

「概念としては近い。でも、インセクトロボットは微細加工技術を用いた指先ほどのロボットで、外科手術をするような高度なものもあるけど、多くが掃除とかインフラ点検のような限られた機能を果たすだけ。

ナノマシンは一九八六年にエリック・ドレクスラーが唱えた概念で、大昔のSFでよく使われていた。あくまでも概念なのでナノマシンとはいうものの、想定されている機構は細胞くらいの大きさで、あらゆるものを分解すると同時に、土塊《つちくれ》から自動車を作り上げるような万能製造機械としても機能する。

実際に研究もされたけど、ドレクスラーが唱えたようなシステムは結局実現せず、それに一番近いのがあなたがいうインセクトロボット」

「カザン人はナノマシンを完成させたというのか？」

「いや、それも考えにくいなぁ。ＬＵＣと技術的な整合性が取れないし、エネルギー供給と無数のナノマシンをどうやって制御するのか？　という大問題がある。核戦争で滅ぶような文明が、そんな大問題を解決できたとは思えない。ナノマシンが実用化できた文明なら、そもそも核戦争の必要もない。必要なものはナノマシンにより手に入ったはずだから」

「結局、外に出てみないとわからないわけか」

各種センサーを取り付けた吉野は、今更ではあるがキャメル1の出入り口からではなく、密閉空間を持ったエアロックから屋外に出ることとなった。宇宙空間での活動を想定してシャトルの上面に設置されたハッチから身を乗り出し、そこからハッチのフックにロープを固定して、慎重に地面に降り立った。

はっきりとした地面を踏み締める感触がある。しかし、先ほどのような地面の変化はない。蓄積していたエネルギーを使い果たしたのか？

「バイタルに異常ありません」

リカルドの声が聞こえた。

「こちらも特に異常は認められない」

吉野はそこから芝生に進む。宇宙服を着用して芝生の上を歩いたことなどないので、感触の比較はできないが、地面というよりも大きな動物の上を歩いているような感じがした。

そして足元の芝生を摑《つか》む。芝は簡単に抜けた。ちゃんと根も張っている。彼はカメラでその姿をリカルドに送る。芝は間違いなく芝だったが、何か違和感がある。それは土だった。根の周囲に土がついていない。まるで水耕栽培されたかのように綺麗な根だ。

宇宙服なので、細かい観察はできないが、芝には違いないように思えた。それだけに土もないままいきなり砂の中に成長した形で生えているのはあり得ない話だ。

吉井はそれからバギーに乗って周囲を移動してみる。バギーは電気自動車だが、特に不都合はなく動いた。

降下カプセルのシステムと接続し、そちらのカメラも使用できるようになったということで、吉野は降下カプセルまでバギーで移動する。時に芝生の上を走り、時に砂の上を移動しながら、できるだけデータを集めることを心がけた。

降下カプセルはビル一つほどの大きさがあるのだが、システムがキャメル1と接続したことで、アンテナが展開し、クレーンも伸びている。周辺はこちらも芝で覆われていて、抜いてみると、やはり根には土はついていない。砂つぶが落ちてしまうだけだ。生えてきた理由も不明なら、枯れない理由もわからない。

吉野は作業手順に従い、まず大型作業車をカプセルから取り出す。そうしないと降ろした荷物を人力で運ばねばならなくなるからだ。

ハッチの扉が開き、折り畳まれた車両ユニットがクレーンで引き出され、地面の上で展開する。無事に八輪の大型作業車が完成したことを確認すると、吉野は再びカプセルの扉を閉鎖し、八輪車の方に移動する。車載クレーンでバギーを積み込み、再び車両をシャトルまで運ぶ。

「バイタルに異常はないか？」

若干の遅れとともにリカルドではなく、ジュリアから返事が来る。

「異常なし。健康そのもの」

「ならば、調査活動に入ろう。しばらく我々で活動し、問題がなかったら第二陣を降下させようと思う。そのあたりは隊長たちと協議したい」

「こちらパスカル、了解した」

3 接触

拠点の建設は当初とは違った形で始まった。本来ならシャトルは降下カプセルの近くに着陸するのだが、芝生のために着陸地点を五キロ離したためだ。もう一度飛行して着陸すれば済む話なのだが、五〇キロならまだしも、宇宙船であるシャトルを五キロだけ移動するというのは一番非効率な飛ばし方で、無駄にエネルギーを消費するだけでなく、エンジン負荷も大きかった。

車両もあるし、ネットワークはすでに開いている。このためシャトルの周辺と降下カプセルの周辺の二点で拠点建設が行われ、この二点を道路で結ぶ形となった。これは何らかの事件が起きた時に全滅を免《まぬが》れるためという、後付けに近い意味もあった。

ニューヨークとベルリンは二〇キロ離れていたが、拠点はその両方から一八キロほど離れた場所にあった。二つの都市の周囲には大きな湖があった。そこで地球の地理を参考に、ニューヨーク側の湖がレイク・ジョージ、ベルリン側の湖がテーゲル湖と命名された。

湖にはドローンで上空から観測した範囲で生物はほぼ認められなかった。光合成を行う藻《そう》類《るい》のような微生物は認められたが、栄養が乏しいのか、発育は良好とは言い難《がた》い。

機械の材料のような砂の層は、衛星によるレーダー探査では深いところでは十数メートルに及ぶが、概《おおむ》ね一メートル未満、ところによっては数センチ程度の薄い層であるらしい。この薄い層が惑星の地表全域に広がっているのである。

そうした不思議な環境ではあったが、拠点建設は順調に進んでいた。降下カプセルの機材を運び出し、組み立て、再配置すれば、降下カプセルそのものが五階建てのビルとなる。先遣隊員たちは、シャトルからこちらに移動し、住環境を整える。

これとは別に拠点に近いテーゲル湖の水が汲《く》み上げられ、分析と並行してタンクに蓄えられる。これは次回以降の機材で運ばれる大型レーザー発振器を用いてロケットを打ち上げるためだ。ロケットには水が蓄えられ、レーザー光線で加熱することで、軌道上に到達できる。比較的大きなサンプルはシャトルに頼らずに、このロケットで打ち上げられる。

これは必要なら自衛のための武器になり、また緊急時の脱出手段にもなり得た。ただそれが可能となるのは増援が送られてからとなる。

吉野《よしの》は軌道上の調査船パスカルや巡洋艦オリオンと頻繁に情報交換を行う中で、先遣隊への増員を遅らせることを提案していた。

「現状、我々には差し迫った危険はない。しかし、この惑星が我々の常識の通用しない世界なのも確かなことだ。地表に一歩足を踏み入れただけで、我々は予想外の事態に遭遇したほどだ」

吉野が軌道上の宇宙船に示したのは、例の芝生の画像だった。白い実験用のプレートの上に芝が三本並んでいた。

「見てわかると思うが、シャトルの周囲に生えている芝だが、すべて同じだ。葉の形、茎の形、根の形状さえ同じだ。芝なんかどれも似たようなものだろう、という話ではない。ほぼ一〇〇パーセントの一致率なんだ」

吉野は画像を切り替える。

「これはこちらのラボの試験も兼ねて撮影した電子顕微鏡の画像だ。予想できると思うが、外観が一致するだけでなく内部もまったく同じだ。植物細胞があり、組織を構成し、そして生きている。どう見ても地球の芝そのものだ。

しかし、ここに根本的な矛盾《むじゅん》がある」

「芝はいきなり成長した形で生えてこない」

衛星ロスからリモートで参加しているエレナの指摘に吉野は、その通りとの表情を浮かべた。

「興味深いのは、シャトル周辺よりも先に芝生に囲まれた拠点の降下カプセル周辺の芝だ。これを見てほしい」

画像にはやはりプレートの上に芝が並べられていたが、どれも大きさが若干違った。

「古くから生えている芝については成長に伴い差異が生じている。ただ、降下カプセルの影になり枯れるはずの芝生が枯れていない。この惑星の生態系が植物などの少ない生物種による単純なものにもかかわらず、安定して維持されていることはかねてから謎とされていた。その謎はますます深まった。

それと、今後の調査によれば発見される可能性はあるものの、現時点において、この惑星で昆虫に類似した動物は確認されていない。むろん惑星の本格的な調査が行われていない段階で昆虫がいないとの結論は早計だろう。しかし、他の惑星での経験から判断して、昆虫が存在しているとしても、その密度は異常に低いと言える。私は必ずしも惑星環境の専門家ではないが、昆虫が存在しない環境で、地球と同一の植物群を維持することなど不可能なことくらいはわかる。

現時点での結論は惑星カザンには存在するはずのない生態系が存在し、しかもそれはなぜか地球の植物だということだ。

我々は他の植民惑星での経験から、衛星軌道から観測された地球由来の植物は、土着の生物群と共棲《きょうせい》していると考えていた。だがそんなものは認められなかった」

ここまでの報告で調査隊の誰もがある推測を働かせていた。

「ドローンの撮影したカザン人は第一次調査隊の人間とそっくりだった。我々はいままで文明の復興途上のカザン人が一次調査隊の人間の真似をしているのだと解釈していた。

しかし、この芝のメカニズムがもっと大きな生物、たとえば人間のような生物にも適用できるとしたら、カザン人は人間の複製ということなの？」

科学班長のジュリアの疑問は、調査隊全員の疑問だった。

「芝と人間を同じに扱うことが適切かどうかは私も疑問に感じている。ただこの惑星環境において何らかの理由により、人間が複製される可能性があるならば、増援の派遣は一時的に中止すべきと思う」

「中止はいいけど、吉野班長はどうすればこの問題を確認できると考えているの？」

「計画よりも早いが、カザン人と接触する。彼らが何者かがわかれば、次の対応策も見つかるはずだ」


予想されたことだが、ニューヨークでのカザン人との接触には、高木《たかぎ》が志願してきた。

「未知の危険の可能性がある以上は、班長は拠点に残るべきです」

解任動議の件は公式には非公開の問題であるため、吉野はそんな事実は知らないという態度でいたし、高木もまた同様の態度であった。

降下カプセルを改造した居住区には吉野の部屋もある。基本的に私室だけで、会議が必要なら食堂で行うし、小規模なものなら仮想空間で、関係者だけが案件を打ち合わせる。だから吉野の部屋もそれほど広くはない。

班長の特権で、降下カプセル頂部の見晴らしのよい部屋を当てがわれるのだが、景観はよいものの、床面積の割に使える空間は少ない。壁面の内部空間にもさまざまな機械類が内蔵されているためだ。それでも基本的に寝るための部屋みたいなもので、彼はその辺のことにはあまり執着しなかった。

昔は違った気もするが、妻の蒼井《あおい》を病気で失ってから、そうした執着は綺麗さっぱり無くなった気がした。ただ植民惑星の文化調査の仕事だけは意欲的に続けている。ただそれについては親友のエレナは「あなたが仕事ばかりするのはワーカホリックというより、薄めた自殺でしょ」と酷評していた。相手がエレナだからかもしれないが、吉野は反感を抱《いだ》くよりもむしろ、「上手《うま》いことを言う」と感心していた。

そんな吉野の下に高木は直接訪ねてきた。そして開口一番、吉野に残るように言ってきたのだ。

最初の時は不躾《ぶしつけ》な奴《やつ》と思ったが、二度も訪問してくるというのは、彼の育った文化的な環境のせいなのかと吉野は思った。恒星間植民が行われるこんにちでも、「目上の人にネット経由で相談するのは失礼だ」という価値観の文化が残っているところがある。

それはどこの惑星ということではなく、どこの惑星にもそうした価値観の人々の多い地域があるということだ。だから出身地だけでは、そのような価値観の持ち主かどうかはわからない。そもそも調査隊における人選ではよほどのことがない限り、思想信条が問題となることはない。

「君の懸念は理解できなくはないが、あまり意味があるとは思えんね。だから人選を変える必要性も認められない」

吉野はまず結論を言う。

「カザン人との接触には潜在的に危険が伴うのは当然だが、そもそもこの惑星に関して十分な情報もないまま降下するという行為自体がすでに危険なのだ。それはこの惑星の生物が複製され、量産されている可能性からも明らかだ。

ここにいる我々は、すでに十分な危険を冒しているのだよ。この惑星環境そのものが未知であり、潜在的な危険を持つ。その状況で、カザン人との接触の危険性を論じても意味はあるまい。どこが危険で、どこが安全と言える状況ではないのだ」

そして吉野は改めて高木に尋ねた。

「君には規則を曲げてまでカザン人と接触しなければならないような理由でもあるのかね？」

「そんなものはありません！」

高木は珍しく、顔を紅潮させて反論したが、どうみても何か理由があるようにしか思えない。それ以上は何も言うことなく彼は吉野の部屋を後にした。

ニューヨークに赴《おもむ》く最初のコンタクトチームの編成はさまざまな議論を呼んだ。シャトルごと移動するという極端なものから、吉野一人が歩いて行くという別の意味で極端な案までがとりざたされた。

もっともどちらの意見も本気ではなく、選択肢の上限と下限を定め、より適切な選択肢を議論するためのものだった。明らかに本筋から離れた選択肢をあえて含めたのは、前代未聞の状況に対して可能な限り広い視野で考えるためだ。

コンタクトはしかも、先遣隊の人間のみで行う必要があった。そうして最終的な議論の中で決まったのは、ドローンによる上空偵察を行いつつ、バギー一台に四人が乗ってコンタクトを行うというものだった。バギーを選んだのは、主に逃げ足の速さからである。

乗り物から人数を決めたので、人選は消去法となり、吉野の他に、運転技術で前川伽耶《まえかわかや》、医療職としてエミリー・北村《きたむら》、さらに警備担当としてアレックス・カレフという布陣となった。吉野としては可能な限りエミリーやアレックスの世話にならずにことが運んでほしかったが、それは理想であり、最悪の事態を想定してバギーには医療キットと銃を四丁装備した。

調査隊の装備する武器については長年の議論があり、麻酔銃が優勢だった時期もあったが、地球外の動物の場合、何が麻酔として機能するかがわからないことも多く、時に麻酔がその動物にとって致命傷になることもあった。

かと思えば人間相手に使ってみたら、体質によっては即効性が期待できないために、銃として役に立たなかったなどという事例もある。

だから吉野らが装備しているのは、「筒から弾が飛び出す」という原理の、何世紀も前に発明された銃の末裔《まつえい》である。反動軽減とか威力の調整とか命中率の向上など進歩の著しい部分もあるが、銃は銃だ。

調査船パスカルに残っている警備班の班長であるマルク・ベルナールは、地上降下している部下たちにトラックを武装させ、彼ら自身にも武装した上での待機を命じていた。何か起きた時に、吉野らを救助するチームである。

このチーム編成について、高木は沈黙を貫いていた。納得などしていないのだろうが、これ以上何かを言うのも不利と考えたのだろう。

バギーはレイク・ジョージの湖畔を進む形でニューヨークへと接近して行った。湖畔ならカザン人と接触するチャンスが大きいとの判断からだ。可能であれば一人二人のカザン人と接触し、情報を得たいところだ。

しかし、湖畔にはそもそも人が通過した痕跡がほとんどない。湖面には緑色の水草が浮いており、光合成をしているのか、水草の周辺には泡が見えた。魚のような生物は見えなかったが、水中に昆虫のような何かがいるのか影らしいものは見えた。

道路は整備されていなかったが、バギーの通行を阻《はば》むようなものはなかった。森林は植生が貧相で、樹木の間をバギーで走破するのは難しくなかった。

「このまま前進するとニューヨークへと通じる街道に出る。計画通りのコースで進むか」

吉野は前川に指示して、その方向にバギーを進ませた。バギーが前進する度に砂の表面に線が走るような気がしたが、バギーが砂を踏み締めることで、何かの反応が起きたのだろうと吉野は解釈した。

ニューヨークまでのルートは決めていたが、周囲に変化があれば変更は避けられない。そんなことも考えていたが、周囲に目にみえる変化はない。

湖畔をバギーは進み続けた。相変わらずカザン人の姿はなく、そもそも湖畔にカザン人の日々の営みを感じるようなものもない。魚のいない湖で漁をする人間はいないということか。ただ湖畔には木が生えている。どれも地球の柳のような木であったが、ある一角には見たことがない植物が生えていた。吉野は前川にバギーを停めるように指示する。

「これは初めて見る植物だな」

吉野は映像を拠点にも送る。それは背の高い草のような植物で、地面に張り付くように葉が広がっている。ただ広がっている葉は直接地面には触れてはおらず、葉の裏から生えた幾つもの根が、地面から葉を支えるようになっていた。拠点からはリカルドが分析結果を述べる。

「地球にも似たような植物はありますが、これと完全に合致する植物は記録されておりません。植民星系まで広げると酷似したものもありますが、いうまでもなくこの惑星との関連は認められません。ですから、その植物は高山帯のものを除けば、この惑星の低地で観測されたはじめての土着植物と言えると思います」

一万光年離れた惑星に地球の植物が存在する。この謎を解く鍵は、地球の植物を持ち込むことが可能だった第一次調査隊にあるのは間違いないだろう。しかし、それは吉野には信じがたかった。

なぜかと言えば、植民惑星固有の生態系を保全するために、地球の動植物の持ち込みには厳格な審査が義務化されていたからだ。そもそも調査船ベアルンには船内の植物工場を除けば、植物の種子など積み込まれていないのだ。

そうしてカザン人の建物が見え始めた頃、拠点の高木がドローンによりバギーの前方から接近してくる一団を認めた。

「カザン人の集団です！」

高木の報告と同時に運転手の前川はメインの車載カメラをドローンの指示する方角に向け映像を拡大する。そこには一〇人ほどのカザン人がこちらに向かって歩いてくるのが見えた。先頭の一人は旗のようなものを掲げている。文字が描《か》かれていて、地球の文字なのは間違いないが、ベアルンという宇宙船の名前であると辛うじて判別できるものの、文字の大きさも字体もかなり歪《いびつ》だった。子供が意味もわからずに真似たような印象だ。

しかしバギーの四人と拠点のメンバーを驚かせたのは、そんな文字などよりも、集団の先頭を歩く人間らしきものの姿だった。それは第一次調査隊の調査隊長ジェームズ・ハリソンで、その後ろには副隊長のサラ・スミスの姿も見える。人と思われるものは確かに人であった。

他の人間も一次調査隊のメンバーと思われた。ともかく彼らは人間に見えた。頭部のないカザン人が頭のような飾り物をつけているのではなく、あきらかに人間だ。ただ彼らが本当に第一次調査隊の生存者であるとは吉野には思えなかった。

なぜならば彼らの着衣は調査隊員の制服に似ているのだが、似ているだけで同じものではなかったからだ。長年の生活の中で継《つ》ぎ接《は》ぎをして原形を留《とど》めていないのとは違う。雑な複製を行った結果のような制服なのだ。

確かに身体にはフィットしているのだが、徽章《きしょう》や所属を示すマークの付け方が正しくない。吉野はハリソン隊長とは面識はあったが、こうした雑な格好は許さないタイプの人物だったはずだ。

それはドローンの撮影した映像を見た時も漠然と感じていたことだったが、その時は首のないカザン人が人間の姿を真似ているのだろうと思っていた。しかし、こうして接近してみると、人間としか思えない存在が、雑な模倣をしているようにしか見えなかった。

吉野は全員にバギーから降りるように指示し、代表して接近してくるカザン人に歩み寄る。すべての様子は複数の車載カメラと吉野自身が身につけているカメラで記録されていた。

「ジェームズ・ハリソン隊長ですか?」

吉野とカザン人の距離が数メートルまで接近した時、彼は先頭の人物にそう呼びかけた。

「ジェームズ・ハリソン隊長ですか?」

それが旗を持つ先頭の人物の返答だった。しかも音程もほぼ吉野のままだ。つまり彼は吉野の声を再現したとしか思えなかった。

「君は人間ではないのか？」

目の前の人物は人間ではない。似てはいるが人間とは別物だ。

「君は人間ではないのか？」

ハリソン隊長そっくりな人物は、再び吉野と同じ言葉を繰り返した。

「吉野、ジュリアだけど、こちらで比較するとその人物の音声は周波数は完全一致ではないけど、アクセントの置き方はほぼ一致している。音を聞く能力と言葉を発する能力を持っているのは間違いない。

ただおうむ返しなのは、この人物は言葉がコミュニケーション手段であることを理解していないか知らないと推測できる。それと過去のジェームズ・ハリソン隊長の音声と比較すると九八パーセントの確率で、同一人物という判定結果」

ジュリアの分析をどう解釈するか？　吉野は即断ののちに応答する。

「この人物は完璧な複製か、記憶を完全に失った本物か、二通りの解釈が考えられると思う。私の解釈は前者だ」

「その根拠は？」

「まず目の前の人間たちは第一次調査隊のメンバーにしては若すぎる。若く見える人間はいるが、全員がほとんど歳をとっていないように見えるのはおかしいだろう。二〇年が経過しているんだ。

年齢のことは忘れるとしても、完全に記憶を失ったとしたら、旗を持って集団で我々に接触するという行動を実行できるとは思えない。そもそも言葉を失ったというなら、あの集団はどうやって社会性を維持していたんだ?」

ジュリアからの返答には、しばし間があった。

「いまの吉野の話からすれば、そこにいるハリソンたちは複製のような存在かもしれない。その複製を構築した、本当のカザン人がどこかに潜《ひそ》んでいる可能性がある。確かにそう考えるなら諸々《もろもろ》の説明はつく。文明の崩壊が核戦争によるものとしたら、カザン人の本拠は地下かもしれない」

核戦争の中で地下シェルターに生き残ったカザン人がいて、それらが第一次調査隊と接触し、そして地上に単純化した地球のような生態系を作り上げようとしている……。

それは前半部分は理解できるが、後半部分はあり得ないように思われた。人類や地球の植物を複製して地上に配置する意味が見出《みいだ》せないためだ。

ただ、彼らを複製した存在がどこかにいるのは間違いなく、現状ではそれはカザン人の可能性が最も高い。目の前の人間たちが送られてきたのは、どこかに自分たちとコミュニケーションを求めている存在がいるからだ。それだけは間違いないのではないか?

吉野は異星人とのコンタクト方法について過去に議論されてきた手法の中で、図を用いたコミュニケーションが効果的であることを学んでいた。彼はバギーから大型のタブレットを取り出し、「1」と描いて、それをハリソン隊長に見せながら指差し「いち」と言った。

「あなた、まさか、数字の理解から始めるつもり?」

それは衛星ロスにいるはずのエレナだった。コミュニケーション分野は彼女の専門ではないが、吉野との付き合いの長さから、彼がしようとしていることの意味はある程度はわかる。

「いや、数字は重要じゃない。重要なのは、ハリソン隊長が、この行動の意味を理解してくれるかどうかなんだ。

もしも彼らが人間の複製だとして、身体の動きの意味を理解できるのか、そこを確認したいんだ。数字という抽象的な概念を理解できるかどうかもね」

「なるほど。でも、身体の動きの意味が理解できなかったとしたら?」

「彼らがどうやって今日まで生きてこられたのか、それを調べることになるかな」

吉野がタブレットで数字を示したことで、ハリソン隊長は何か考えていた。だがよくみると彼だけでなく、周囲の他の人間も一様に何かを考えているように見えた。しばらくしてハリソンは地面に「2」を描き、それを指差して「に」と言った。こうしたことを繰り返し、吉野とハリソンは1から10までの数字と読み方を確認しあった。最初はぎこちなかったが、すぐに円滑にやり取りは進んだ。

それは意思の疎通が成功しているように見えたが、吉野はこんな展開は予想していなかった。なぜならここまでのやり取りはすでに矛盾しているからだ。

まず、数字と読みなどという小学生レベルの話をするにしては時間がかかりすぎる。もっと不可解なのは、時間はかかったが、ハリソンは数字と読みを知っていたことだ。こちらが教えていない数字の順番や読みを知っているのに、なぜかそれ以外の単語が出てこない。

読みが出てくるということは、どこかで人間の発音を学んでいるということになる。まったく会話が通じないか、会話が成立するかのどちらかならわかるのだが、こんな限定的なやり取りになるというのがわからない。

「ジェームズ・ハリソン隊長ですか？」

吉野はここまでのやり取りを経てから、もう一度、同じ質問を繰り返してみた。数字のやり取りの影響があるかどうかを確かめたかったためだ。数字のやり取りも最初はぎこちなかったが、終盤はすぐに応答があった。つまりそれだけ何らかの学習が行われていると思われた。

学習が進んでいるという予想は当たった。ハリソンは答えを発する前に、指を自分に向けたのだ。つまり相手は指を向ける方向が対象物であると学んだことになる。

「その通り」

吉野が返すと、ハリソンは言った。

「ジェームズ・ハリソンである」

会話は成立したように見えるが、吉野は楽観しない。なぜならこれだけではハリソンが「自分はハリソンである」と自覚して「ジェームズ・ハリソンである」と答えているのか、吉野が「ジェームズ・ハリソンか？」と尋ねたので自意識はないままに、機械的な応答としてハリソンと名乗っているのかの判断がつかないからだ。

そこで吉野は、ハリソンの後ろにいるサラ・スミスを無言で指差した。サラは指で自分自身を指す。吉野が「その通り」と答えた。

しかし、サラは指差しを何度も繰り返す。

「班長、彼女は班長に命名しろと要求しているんじゃないですか」

意外なことにそう意見を述べたのは、拠点にいる高木だった。あまり熱を感じられない高木の口調は気になったが、主張そのものは納得できた。吉野はサラを指差し、「サラ・スミス」と言った。

その上でサラに名前を尋ねると、彼女は「サラ・スミスである」と返答した。こうしてまずその場の全員に名前が付与された。もっとも全員が第一次調査隊の人間そっくりなので、その名前を与えただけだが。

「私の専門外だけど、彼らは、本当に一次調査隊のメンバーと接触したのかわからなくなったわね」

エレナが言う。

「どうしてだ、エレナ？」

「どうしてって、彼らがすでに人間とコミュニケーションをとっていたなら、遠路はるばるようこそいらっしゃいました、くらいのことは言ってくれても不思議はない。

ここまでの悠人《ゆうと》とのやり取りで、彼らの学習能力はかなり高いのがわかる。にもかかわらず会話の質がこの程度ってことは、人間とまともに会話をしたことがないからだと思う。だとすると、彼らがどうやって人間の複製となったのかは不明として、彼らが生まれたのは、一次調査隊が遭難した後と考えた方が妥当かも。少なくとも遭難と彼らの存在は分けて考えるのが妥当と思う」

それに対してジュリアも別の観点で指摘する。

「いま動画解析してみたけど、会話を重ねるに従い、ハリソン隊長の顎の動きから無駄な動きがなくなって最適化されている。ただ、この短時間で改善されるというのは人間だと考えにくい。それと最初のぎこちなさを思えば、彼らは相互理解に言葉を使っていない可能性が高い。

そもそも彼らがどうして吉野たちの接近を察知できたのかも謎。一番あり得るのは、彼らの行動を制御する上位の何かがあるってことね」

「つまり目の前の彼らは、頭脳ではなくマイクやカメラに過ぎないってことか？」

「そこまで言い切るのは乱暴だけど、たぶん大きくは間違っていないと思う」

「なるほど。でも、数字は知ってるんだよな」

「そこも謎。どうして数字だけわかってるのか？　知識に極端なムラがあり過ぎる」

科学班長のジュリアも、矛盾ばかりの状況に次の一手を打てないらしい。

「我々、四人は、君たちの、街に、移動したい」

吉野は指差しを駆使して、ハリソンにそう伝えた。それで自分たちがニューヨークに行きたいという意思が伝わるとは思っていないが、この動きに対してどう反応するかを確かめたかったのだ。

「君たち、四人」

ハリソンは少しの間をあけて、吉野と同じような身振りでバギーの四人を指し示す。吉野は一瞬、聞き流しそうになったが、ハリソンの言語理解に驚いていた。この短時間の間に、彼は「君たち」と「我々」の使い分けができていたためだ。

「その通り」

吉野がそういうとさらに間をあけて、今度はニューヨークの方を指し示す。

「我々の、街」

ここでハリソンはその場にいる一〇人ほどの仲間を一人ずつ指差す。

「その通り」

驚くべき理解力だと吉野は思う反面、一連の反応に違和感も覚えていた。完全に無知な状態から理解しているとは思えないからだ。知識はあるが、知識と知識の繋《つな》がりができていない。そんな印象だ。

「我々は移動する」

吉野は指差しをしながらそう宣言すると、ハリソンらを残して、スタッフと共にバギーでニューヨークに向かった。

一つには「移動する」という言葉の意味を彼らが理解するかどうかの確認のため。

もう一つは、ハリソンを外部からコントロールしている存在がいた場合、彼を放置してもニューヨークには吉野らの情報は伝わっているのかを確かめるためだった。言い換えるなら、ハリソンは自立しているのか、何かに操られているのかの検証である。

バギーが移動してもハリソンらが彼らを追いかけてくることはなかった。ただ追いかけるというよりも、ニューヨークに戻るという風にもと来た道を引き返し始めた。

何者かが人間の複製を制御しているかもしれない。その推測はどうやら当たっていたらしい。拠点から高木が報告する。

「ドローンからのデータではやはり一〇人ほどのメンバーがニューヨークからそちらに向かっています。旗を持っているのがハリソン隊長、その後ろにサラ・スミス副隊長がいるのも同じです」

スタッフが共有する仮想空間の中にドローンからの映像が再び浮かぶ。確かに先ほど接触したのと同じメンバーの一団が自分たちに向かってくる。

ニューヨーク側で見張《みはり》を立てていて、コンタクトチームを複数用意していることも十分考えられるので、これだけで先ほどのグループと情報共有がなされているとは結論できない。ドローンは無線通信の電波も確認できていない。

それでもこのタイミングを考えると、先ほどのグループから何らかの情報伝達が行われているのでは？　と思わずにはいられなかった。

代表を派遣しているものの、ドローンによればニューヨークの様子に特に大きな変化はない。人々は建物の間を移動している。

もちろん一〇人程度のチームなどすぐに何とかなるということも考えられなくはない。だがそれならそれで異邦人が現れたのだから、都市部でもっと目立った動きがあってもいいはずだ。しかし、それもない。

「前川さん、進路を変えて、少し迂回《うかい》してみてくれ」

「相手がこちらの動きを把握しているか見るためですね」

前川は吉野の意図を的確に理解していた。彼らが迂回するとニューヨークから向かってきた一団は、しばらく立ち止まり、前川の運転がどこに向かっているかわかると、進路を変えて再び歩み始めた。

それだけでなく、彼らの後方を歩いている、最初に接触した一団もまた、バギーの後を追うように進路を変えたという。ただしドローンはニューヨークからも、バギーを挟む形の二つのカザン人グループからも、電波送信を感知していなかった。情報は流れているが、それは簡単にはわからない方法でらしい。

やがて吉野らは第二陣のカザン人と接触した。外から見たかぎりその一団は先ほどの一団と区別がつかなかった。ハリソン隊長が旗を持っているところまで同じである。

「あなたは誰だ?」

吉野はハリソンを指差す。すると彼はいう。

「ジェームズ・ハリソンである」

疑いようもなく情報は共有されている。ただこのことは同時に、個別のハリソンに自意識はないことをうかがわせた。ハリソンの形をしているものが、ハリソンと名乗っているだけで、それは吉野が与えた名前に他ならないからだ。

吉野は同じようにその場の一団に指差しで名前を尋ねたが、ハリソンだけでなく、サラ・スミスや他のメンバーも、顔と名前が一致していた。やはり情報は伝わっているようだ。

この事実は興味深い発見であったが、吉野にとっては手詰まりでもあった。目の前のカザン人に情報を提供している上位の存在と接触しなければ、コンタクトは成立しそうにないが、彼らとどう接触すればいいのか、それがわからない。ただ彼らの側《がわ》から接触してきたからには、コンタクトの意思はあるのだと思われた。

吉野はこの考えを拠点と軌道上のパスカルに伝えた。

「このまま目の前のハリソンと会話するのが上策だと思います」

そう提案してきたのは、意外にも副班長の高木だった。

「その理由は、副班長？」

「カザン人が最初の一団だけでなく、次の一団でもハリソンを代表に立てて接触してきたというのはこちらと意思の疎通を図る意図があるということではないですか？　そうであるならハリソンとこのまま接触を続けるべきではないでしょうか。仮に成果が得られないとしても、それはハリソンの背後にいる存在にとっても同じことですから、そこから別のアプローチがあるかもしれません」

それは筋の通った提案とは思ったが、ではどうアプローチすべきか？

「我々、四人は、君たちの、街に、移動したい」

吉野は先ほどと同じ言葉を繰り返す。それによって、反応の違いがあるかどうかを確認するためだ。

「我々は、移動する」

ハリソンは先ほどとは違った発言をすると、サラたちを伴い、ニューヨークへと向かってゆく。どうやら先導するものと思われた。

「我々は、君たちに、続く」

吉野はそのままバギーで彼らの後ろを徐行しながら移動する。ここまでのやり取りの中で、予想以上に自分たちの言語は理解されたのではないかと吉野は期待した。

「吉野、ジュリアだけど、ニューヨークに入るとしたら、細心の注意をして。危険と感じたらすぐ逃げて」

軌道上のジュリアは意外なことを指示してきた。

「確かに何が起こるかわからない状況だが、そこまで警戒すべき危険があるとは思えないが」

「拠点を築いた時に、地面に直線状の亀裂が走るという現象があったでしょ。あなたたちが出発してから、あの現象が起きていない。地面に蓄積されたエネルギーの解放という話なら、バギーの移動に合わせて観測されていなければおかしい。でも、あの現象は観測されていない。

ハリソンやサラが複数いるのはわかっていたけど、あなたとの情報伝達の結果が瞬時に伝わっていることを考えると、この現象の背景は思っている以上に複雑な構造のものかもしれない。だから予想外の現象が起こる可能性がある」

「わかった。心に留《と》めておく。ありがとう」

ハリソンたちは吉野たちにバギーから降りろというわけでもなく、自分たちのペースで前を進む。ここでようやくドローンの映像が変化し始めた。ニューヨークの中心部を貫く街道に市民たちが集まってきたという。

いままでずっと漠然としていたが、市民の数は集まった人間だけで二〇〇〇人はいるようだった。ドローンの映像である程度はわかっていたが、それらの市民はどれも第一次調査隊のメンバーの顔をしていた。

第一次調査隊は総勢七五〇名の陣容で、第二次調査隊の総勢三六〇〇名の五分の一程度しかいない。だから二〇〇〇人ほどの市民の中には、同じ顔の人間が何名かいた。ただ、にもかかわらず調査隊員全員の顔があるわけでもなかった。現時点で観測されている限り、第一次調査隊のメンバーで姿体《したい》を使われているのは五〇人程度らしい。

彼らが調査隊員を複製したのはおそらく間違いないだろうが、どうして全員ではないのか、それはわからない。あるいはベルリンなりトウキョウに行けば、ニューヨークにはいない七〇〇人がいるのかもしれなかった。

ドローンからの映像でニューヨークでは市民たちが彼らを待っているらしいことはわかった。調査隊長のアンナ・ベッカーは待機している拠点のトラックに、距離を維持しつつ、万が一の場合にはすぐにバギーの支援ができるように出動を命じた。

カザン人たちの動きが変化し始めたのは、バギーがニューヨークの入口が肉眼でも確認できる距離まで接近した時だった。低層建築物が見え始めたくらいだ。

「ジュリアだけど、やはりおかしなことが起こってる。ニューヨークの市民が五重の円陣を組み始めた。それだけじゃなくて、どうも他の周辺都市でも市民が円陣を組み始めてる。ベルリンやトウキョウ、シャンハイで。偵察衛星ではその程度だけど、あと三〇分で偵察衛星ではなくてパスカルで直接観測ができる」

「科学班長としての意見は？」

「直接攻撃は多分ないと思う。そっちは四人しかいないのだから、攻撃する気ならとうの昔に動いてる。可能性をいうなら、コンタクトを行うための何かだと思う。それと円陣がニューヨークを中心に段階的に広がっているということは、彼らは何らかの情報伝達手段を持っているということになる」

軌道上にはパスカルが待機し、常に監視できるように低軌道に複数の偵察衛星を配置し、さらにドローンも飛ばしていた。ただ衛星にせよドローンにせよ、発見は容易なので、相手を刺激しないように数は最小限度になっている。

また不測の事態に備えてパスカルを警護できるようにオリオンも同一軌道にあった。しかし、現実は予想していた以上に不可解なことが起きている。このため入念な準備のつもりだったものの、うまく対処しきれていない。

そしてここにきて、前を歩いていたハリソンが再び吉野らに近づいてきた。バギーを指差し、自分を指差し、再びバギーを指差す。

「ハリソンは、この自動車に、乗りたいのか？」

吉野もまた指差しでハリソンに尋ねる。

「その通り」

ハリソンは、そう答えた。会話はかなり容易になったが、吉野は教えてもいない単語をハリソンが知っていることに疑問を持っていた。それは覚えていた単語を思い出したというのとも違っている。

ここまでのやり取りでの印象を述べるなら、単語は知っていたが、意味がやっとわかったというのが実態に近いのではないかということだ。そもそもの問題、第一次調査隊のメンバーはどうなって、カザン人たちはなぜ調査隊のメンバーを複製した姿であるのか？　もっとも便宜的に彼らをカザン人と呼んでいるだけで、正体は不明のままだ。

惑星調査用の機材なので、四人乗りのバギーでも荷物を移動すればハリソンの場所くらいは用意できる。彼は前川と吉野の間の席についた。普通なら座るなら後ろの席だろうが、前席に割り込んできたのは強引な印象を受けた。ただそれ以外の振る舞いは自然そのものだ。吉野も最初は気が付かなかったが、彼は自動車など知らないはずなのに、どうしてここまで自然に振る舞えるのか？　どこかで人間の振る舞いを学んだのか？

ハリソンとの会話の中で、吉野は違和感を覚えていたが、その理由が分かった気がした。自動車は知らないのに、自動車の乗り方を知っているように、彼らの知識や振る舞いにはいくつもの矛盾があったからだ。

バギーが動き出すと、最初こそハリソンは姿勢を崩しそうになったが、すぐに姿勢は安定する。それだけではなく、ハリソンは自動車に乗ることに慣れているようにさえ見えた。その一方で車上からの光景には驚いている。ハリソンは人間の複製と思っていたが、その驚く表情はまさに人間の表情だ。

「車に乗るのは初めてなのか？」

警備担当のアレックス・カレフが不用意にハリソンに話しかけた。

「車に乗るのは初めて……初めてだ、車に、乗るのは」

ハリソンの言語能力は明らかに進歩していた。ただその進歩ぶりはさほど言葉を交わしていない割には不自然に早い。

「我々は君たちの街をニューヨークと呼んでいる」

吉野はあえてハリソンの知らないはずの都市名を入れて、踏み込んだ会話を試みた。

「私たちの街はニューヨーク」

「ニューヨークの主な産業は？」

この質問への返答は即答とはいかなかったが、それでもハリソンは答える。

「ニューヨークの主な産業は土木」

ハリソンの言う土木の意味が吉野の考えるものと一致しているのかどうかはわからない。しかし、重要なのは、いままで一度も使われていなかった土木という単語が語られたことだろう。

「土木とは具体的に何をする？」

「たくさんの作業がある。簡単には説明できない」

会話は段々と自然なものに近づいていた。それは望ましいことではあったが、吉野や他の隊員たちにとっては疑問だけが増えている。

「ジュリア、そちらで何かわからないか？」

「衛星だとはっきりしないけど、ドローンのセンサーだとニューヨークの円陣の温度が少し上昇している。ハリソンの言語能力の急成長はあの円陣も関係しているとの仮説は立てられそう。ただ原理はわからない。

それと例の地下空間だけど、ドローンによる地中レーダーのデータだと鉱山もしくはシェルターの類《たぐい》なのは確かだと思う。明らかに人工的な直線構造が認められる。

ただ地下施設とニューヨークの間には相互通信は認められない。この施設は機能していないと判断できそうね」

カザン人たちが地球人と同じ言語を用いることはまずあり得ない。だから彼らがこの短時間でここまでの言語理解を進めたというのは、間違いなく第一次調査隊との接触があったとしか思えない。

「ニューヨークにはどこから入ればいい？」

本来ならこの質問はハリソンには通じないはずだった。しかし、ハリソンは少し間を置いただけで、すぐに適切な指示を出す。

「このまま湖に沿って前進すると、ニューヨークへと通じる道路に出る。そこを左に曲がればニューヨークに入ることができる――

ニューヨークを固有名詞と解釈しているのか、一般名詞と解釈しているのかは不明なものの、一時間も経過していないのにハリソンとの会話はすでに不自然さを感じないレベルに到達していた。

そうしてバギーは道路にでた。一部の森林を除けば地面が砂で覆われている惑星カザンで、その道路は立派な舗装道路だった。ただそれは吉野が見たことがないような道路だった。アスファルトでもコンクリートでもなく、石畳でさえない。強いていうなら巨大な素焼きの一枚の板だ。

道幅は一〇メートル近くあり、メインストリートのように思われた。バギーもこの舗装道路では音も静かに前進する。

ただ吉野はこの道路にも疑問を覚えた。目につく範囲でこの街に自動車は見当たらない。馬車のような車もない。にもかかわらずこれだけ整った道路がなぜ建設されたのか？　それでも一〇万人、一〇〇万人と住んでいるならまだわかるが、確認されている範囲でニューヨークの住民は一万人前後と推測されていた。その程度の住民のためとしたらこの道路は過剰に思えた。

細かいことをいえば、不思議なことはまだある。このレベルの技術水準の道路なら、目地が切っていなければおかしい。惑星カザンにも四季はあるため、季節の変化により道路も膨張収縮する。目地を切るのはその変化を吸収するためだ。

この素焼きの一枚板では、季節変化には耐えられないはずだ。しかし、亀裂を補修した跡もなく、その表面は綺麗なままだ。建設されて日が浅いのかもしれないが、そこはよくわからない。

街並みも妙だった。道路の脇に歩道がある。自動車も馬車も荷車の姿さえないのに、道路は車道と左右両側に歩道がある。歩道の側に街路樹が植えられ、それらはどれも同じ桜だった。枝の形までほぼ一緒だ。

衛星写真からニューヨークやベルリンなど、カザン人の都市は縦横に直線道路が走る平安京のような構造をしていることはわかっていた。歩道の奥には家屋があり、家屋の形状も比較的同質的だ。

目に入るのは平屋か二階屋だけで、三階建て以上の建築物は見当たらない。また建物の素材は、道路と同じ素焼きのような素材である。木造でもなければ鉄筋コンクリートでもない。レンガに似ているが、それを積み上げて建築したのではなく、素直に印象を言えば、家一軒を粘土で作り上げて窯で焼き上げたような印象だ。

しかも道路と建物の間に切れ目はなく、つまりニューヨーク全体が一つの焼き物のようにさえ見える。流石《さすが》に街一つを窯で焼き上げるようなことはないわけだが、ハリソンのいう土木の意味が自分たちとかなり違うことは予想できた。

「このまま進んでください。中央部に集会場があります」

驚いたことに吉野の質問にハリソンが答えるのではなく、ハリソンから吉野に、そう話しかけてきた。中央部や集会場などという言葉は吉野たちからは使っていないのに、彼はその言葉を知っている。

「ベッカーです。いまモスキートをそちらに向かわせました。三〇分後にはニューヨーク上空に到達します。必要ならすぐに降下させますから、モスキートとの回線は常に開いておいてください」

「隊長、どうかしたんですか？」

「円陣を組んでいた市民たちが、集会場らしい円形の広場に集まっています。危険と判断したら、バギーで退避してください。状況によりますけど、緊急時にはモスキートは現在移動中の道路に着陸します。バギーは捨てて、あなたたちだけ脱出してください。

当面は拠点に避難しますが、事態の進行によっては、拠点も放棄してスタッフがキャメルで退避することもあり得ます」

「吉野です。了解した」

大袈裟《おおげさ》とも思ったが、調査隊長という立場では慎重になるのは理解できた。しかし、バギーが集会場に近づいた時、アンナの懸念が杞憂《きゆう》でないことを吉野は目の当たりにする。ドローンからの映像で、集会場は道路の交差する直径五〇メートルほどの円形の広場であることがわかった。そこに二〇〇〇人になろうかという市民が集まっていた。

集会場にはバギーが通れる程度の幅で道ができていた。他はすべて市民で埋もれている。この中に入るのは、相手に害意があれば自殺行為に等しい。

「集まっている人たちに、もっと下がってくれるように言ってくれないか?」

吉野はハリソンにそう要求してみた。意見が通るなら、このハリソンはカザン人社会の中で相応の地位にいると推測できる。仮に彼が何者かにコントロールされているとしても、その何者かがカザン人社会を組織化しているとわかるだろう。

しかし、そこで起きたことは謎を増やすだけだった。ハリソンが指示も命令もしていないのに、集会場の市民の集団は、左右に分かれて道を作ったのだ。その道はバギーが通過できるだけの幅があった。

「さぁ、進んでください。みんなが待ってます」

ハリソンははっきりとそう吉野につげた。ハリソンが特別な存在なのは間違いないとしても、指導者ではないらしい。ただ社会の中に明確な役割分担はあるようだ。

そしてバギーは集会場の中央に向けて進んでいった。ただそれでも吉野は、視野の中の仮想空間内で、モスキートの位置を確認することだけは怠らなかった。

4 砂猫

集会場に集まった集団は、それぞれが後ろに退《しりぞ》いて、中央部に空間ができた。バギーはそこまで前進する。

「皆さんを歓迎します」

ハリソンは吉野《よしの》に向かってそう述べた。そこに集まっている市民たちは二〇〇〇人ほどいると計測されていたが、確認できた市民の顔は同じ顔が幾つもあり、概《おおむ》ね五〇種類くらいだろう。

その五〇種類も数は均等ではなく、八〇人近くいる顔があるかと思えば、五人くらいしか見つからない顔もある。

「ジュリア、確認された顔に何か傾向はないか？」

その質問を予想していたのか、ジュリアはすぐにデータを吉野たちに送ってきた。

「確認できた第一次調査隊のメンバーは五二人、ハリソンとサラを除くと、最高でも副班長クラスしかいない。所属は各調査班のメンバーが多いけど、警備もいる。

このメンバーだけど、人数と所属の編成から判断すると、あなたたち先遣隊とほぼ同じ。一般的な惑星調査の先遣隊の編成と合致する。

我々の先遣隊は吉野がリーダーだけど、ニューヨークで確認されたメンバーだと惑星探査班のアナイス・ボサカ副班長がリーダーだと思われる」

「カザン人は先遣隊をコピーしたわけか」

「でも、ハリソンとサラが存在するからには、先遣隊のみとコンタクトしたわけじゃないと思う。現状、言えるのはここまで」

ハリソンは歓迎するというのだが、集会場の市民は吉野らのバギーを囲んでいるだけだ。襲撃してくる様子はないが、歓迎するという様子もない。ただ漫然とバギーを見つめている。

「歓迎とは何をするのか？」

ハリソンらに敵意はないらしい。さりとて歓迎の意味を知っているようにも思えない。

「歓迎とは何を意味するのか？」

ハリソンはここでおうむ返しに吉野の言葉を口にする。そして市民たちはそこで歩みを止めた。

「前川さん、ゆっくり車をバックさせてくれ」

前川は右手を挙げて了解したことをつげると、ゆっくりと広場からバギーを後退させた。集会場に集まった市民たちは通路を塞ぐことはなかった。それでもバギーが集会場を完全に抜けるまでは気を抜けなかった。

バギーが集会場を抜けるとハリソンは急に立ち上がり、そして車を飛び降りると集会場へと走って行った。

「吉野だ。これから我々は一度拠点に帰還する。いままでのデータを元に戦略の練り直しが必要だ。我々とカザン人の間で会話が成立していたのか、検証が必要だ」

「こちらベッカー、吉野の判断に同意する。どうも状況が想定外すぎる。このまま接触を継続しても円滑な意思疎通ができるとは思えない。我々はどこかでボタンのかけ間違いを犯した可能性がある」

こうして吉野らはバギーを全速力で走らせ拠点へと引き返した。ドローンによると、最初に自分たちと接触したハリソンの一団は見失ってしまったという。ドローンは再び彼らの姿を捉えることはなかった。

今回の邂逅《かいこう》についての分析は、アンナ隊長の指示で翌日から行われることになり、その日はそのまま休息日となった。ただＡＩによる警戒システムは周辺の動向に注意を向け、軌道上からも衛星が監視していた。

吉野もアンナの指示に従うよう、拠点のスタッフを促していた。いまこのまま出来事を分析しようとしても碌《ろく》な仕事はできないとの経験則による。またＡＩによるデータ分析にも然《しか》るべき時間が必要だったためだ。

拠点の降下カプセルの狭い自室で休んでいた吉野は、何となく落ち着けないまま、仮想空間の中に、衛星ロスに滞在しているエレナを呼んでみる。テーブルには秘蔵のワインを開けてあった。地球から持ち込んで、いまのいままで手をつけなかったものだ。

今日の邂逅が成功といえるかどうかはわからないが、失敗といい切るのも違う気がした。要するに、予想していたコンタクトの形とは何から何まで違っていたのだ。

「眠れないの？」

エレナは本人が衛星ロスにいるためか、少し遅れて現れた。彼女もまたグラスを片手にしている。

「寝るべきなのだろうがね。惑星環境担当なのに君もか？」

「カザン人たちの文化は私とは無関係です、なんてわけにはいかないでしょ。それに惑星環境の面でも釈然としないの」

「釈然としないとは？」

「このほとんど砂漠の惑星で、都市部の周辺に湖や沼がある」

エレナはグラスを揺らすばかりで、口をつけない。

「水源近くに都市を建設するのは、相手が動物ならそこまでおかしな話じゃないと思うがな」

「そういう話じゃないの。この水源、どうやって誕生して、維持されているかという話。地球や他の惑星なら山脈からの水脈が合流して、陸地を横断して海に至る。地形によっては海には流れずに湖や沼に至る。

惑星カザンにも山脈はあり、そうした形の水脈も確認されている。だけどそうした水脈は惑星規模に比して少ない。平野部の植生が著しく貧弱なためね。そしてそうしてできた河川や湖の周辺には都市も集落も認められていない。

こうした水系は、それはそれで調査対象ではあるんだけど、問題は都市部近郊の湖。それらの湖って河川と接続していないのね」

「地下からの湧水《ゆうすい》が湖の水源ということかい」

「まぁ、理屈ではそういうことなんだけど」

エレナはやっとグラスに口をつける。吉野もそれに倣《なら》った。

「リモートセンシングだと地下水脈みたいなものはほとんど観測されていない。まぁ、地殻の比較的深い部分に含水層は走ってはいるんだけど、そこから湖になるのはちょっと難しい」

「するとあの湖は存在してはいけない湖ってことか？」

「存在してはいけないってことはないけど、何かしら人為的に手を加える必要はあると思う」

グラスのワインを見ながら、吉野の脳裡《のうり》にふと浮かぶものがあった。

「ハリソンはニューヨークの主要産業を土木と言ったけど、あれは本当なのかもしれないな。湖の周囲に都市を建設したんじゃなくて、湖を作る目的で都市が建設された」

「はいはい、こんな話するためにアンナは休養命令を出したわけじゃないのよ。いまはとりあえずカザンのことは忘れましょ」

エレナはグラスを掲げて一息で空けた。

君が湖のことを言い出したんだぞ。吉野はそう思ったが、口にはしなかった。二人の会話はそうして終わったが、彼はやはり眠れない。

そうして彼はエージェントＡＩの蒼井《あおい》を呼び出す。

「こんな時間まで起きてるなんて、エレナと喧嘩《けんか》でもしたの？」

蒼井はそう言って吉野の前に現れた。

「どうしてわかる、いやエレナと喧嘩はしてないよ」

「そこにグラスがあるけれど、あなたは一人でグラスを傾けるような人じゃないでしょ。でも、調査隊でグラス片手に語り合える人といったらエレナしかいないじゃない。私以外にあなたが告白した唯一の女性なんだから」

エレナへの告白は蒼井の死後の話であったが、目の前の蒼井はエージェントＡＩであるため、プライベートのそうした事実はすべて知られているのだ。

「いやまぁ、この二四時間にあまりにも多くのことが起きたからね」

吉野はニューヨークに向かいハリソンらと遭遇した一部始終を蒼井に話した。この時も彼女は聞き上手だった。

「どう思う？」

吉野は蒼井に意見を求める。

「どうって？　それだけじゃ何を考えるべきかわからない」

ＡＩらしい発言と思いながらも、蒼井も生きていたら同様の反応をしたのではないかと吉野は感じた。

「たとえば、どうしてカザン人は先遣隊の人間ばかり模倣したんだろう。ハリソンとサラはのぞいて」

「悠人《ゆうと》の話だけでは、わからない。

でも、仮説を立てる上で一番重要なのは、惑星カザンの知的存在が、第二次調査隊をどの時点で知ったのかという点だと思う。

つまりその五二名はいつから存在したのか。いままでいなかったけど、急に人間を用意する必要ができたから、作りやすいもので数を揃《そろ》えた可能性もあるでしょ。ハリソンたちは一週間前には存在していなかったかもしれない。あるいはニューヨークも」

「ハリソンもニューヨークも一週間前には存在していなかった……どうしてそう思うの？」

「カザン人がどこかに生き延びて、文明の再興を試みているとして、人類の姿を模倣する必然性がまったくないから。カザン人がカザン文明を再興するなら、カザン人の姿で行うと考えるのが自然よね。

にもかかわらず人間の姿を模したのは、人間を意識してのものだと思う」

「しかし、惑星の周回軌道上に入った時点で、大陸には都市が存在したよ」

「でも、軌道に乗る前にレーダー観測もしたのよね。レーダーの電波のような自然に存在しない電波を傍受したら、カザン人も警戒するんじゃないの？　もちろんレーダーで警戒されたという証明はできないけど、カザン文明が高度な技術を持っていて、第一次調査隊との接触によって人類の接近を警戒していたなら、悠人たちよりカザン人が先に相手の存在に気がついてもおかしくない」

吉野は蒼井の意見に感動した。ＡＩだから導けた結論なのか、人間でも同じ結論に至ったのか、それはわからない。ただ一つ確かなのは、吉野がその可能性を考えなかったことだ。

「君は、本当に素晴らしい」

吉野の言葉に自分への想いを理解したのだろう。蒼井は、吉野にこうつげた。

「私はもう死んだ存在です。あなたが私の知っているような人間なら、現実を受け入れて私に依存するような真似は長続きしないはず。

私はあなたを愛しているからこそ、私に拘泥《こうでい》してほしくない。私が愛した吉野悠人は現実を直視できるはずです」

仮想現実上に投影されたＡＩに、自分から消える能力はなかった。だからこの星へ来る前、蒼井の仮想人格を凍結したのは吉野自身だった。蒼井なら夫である自分にそれを望み、またそれを実行すると信じていると思えるからだ。

「わかった、約束する」

「よかった。私もあなたと話せて楽しかった。また何かあったら起動して」

そして蒼井は吉野に「おやすみ」とつげた。


翌日から開始されることになっていた調査活動は、予定よりも一時間以上前倒しされた。拠点周辺を監視していたＡＩが起床時間前に警報を放《はな》ったためだ。当直の人間はもとより、就寝中を起こされたものも、身支度もそこそこに仮想空間の集会場へ参加してゆく。

吉野が集会場に参加した時には、拠点のメンバーだけでなく、拠点外の主要なスタッフも参加していた。

集会場の中央には仮想現実として拠点周辺の立体映像が投影されていた。集会場に入ったメンバーは、すぐにその映像で異変を理解した。何人かは仮想空間を抜け、それぞれの居室の窓に走った。吉野も視界の中の一角に集会場を表示しつつ、窓に駆け寄る。

「何だこれは！」

ビルほどもある降下カプセルを利用した拠点の周囲に、全長三メートルほどの砂の柱が何十本も出来上がっていた。ＡＩによれば、柱の総数は四八〇本になるという。すぐに吉野は集会場に視線を集中させる。

すでに観測可能なデータはＡＩによりまとめられていた。とはいえ柱の数とそれらの配置、柱の大きさ程度の情報しかない。

柱はどれも同じ大きさと形状で、拠点周囲を囲んでいるが、特に規則性は認められないという。

ＡＩにより過去データを見直すと監視衛星からのデータにも、同様の円柱は観測されていた。バギーでニューヨークに接近した吉野らには確認できなかったが、ニューヨークの外周にも同じような柱があったらしい。

ただ高さ三メートルほどの柱があったところでＡＩはそのことをわざわざ報告しなかった。報告がなされたのは、拠点に柱が現れたのと入れ替わるように、ニューヨークの柱が消えているためだった。変化があったからこそＡＩからの報告があったのだ。

拠点周辺に現れた円柱は何かの活動をしているらしく、周囲の地面よりも温度は少しばかり高かった。概ね人間の体温に近い。

「状況から判断して、これは昨日のハリソンとのコンタクトの結果と判断できると思う。カザン文明調査班長から何か意見は？」

アンナ隊長は吉野に意見を求めてきた。集会場はいつもと同じく、アンナが中央をさけて席をとり、幹部陣は適度に分散している。ただし、吉野は彼女の真正面の席に着かされていた。そしてアンナはアバターではなく、現実の表情を投影していた。隊長として幹部メンバーにも素顔を求めているのだろう。だから吉野もアバターではなく、現実の表情を表示するように切り替えた。

「昨日のハリソンを自称する個体に率いられたカザン人集団とのコンタクトは、コミュニケーションを取るという点では多くの課題を残した。

簡単に言えば、我々と彼らの間で交わされた会話は、会話として成立しているのか確証が持てないということだ。会話とは言葉のやり取りだが、言葉のやり取りが会話と呼べるとは限らない。昨日の出来事は、我々が意識してこなかった問題を顕在化させた。その点ではコミュニケーションの成果を得られなかった原因の一端は我々の側《がわ》にある。

そしてそれはカザン人たちも同様の見解に至ったと思われる。ハリソンは我々を歓迎すると言ったが、歓迎とは具体的にどのような行為であるのか、それは理解していなかった。

つまり双方ともに、ボタンをかけ間違えたという点でのみ共通認識を持つに至ったのだと思う」

吉野は集会場の中で、高木《たかぎ》に視線を走らせる。解任動議を出した彼ならば、昨日の出来事を吉野を糾弾する材料にすると考えたためだ。しかし、高木は伏し目がちに話を聞くばかりで、発言しようともしない。カザン人とのコンタクトが、彼が期待したものと想像以上に異なっていたためか？

「ボタンのかけ間違いについて、もっと説明してもらえますか、吉野班長」

アンナが促す。たぶん彼女なりの仮説を構築しているのだろうと、吉野は理解した。

「ＡＩによる精密分析の結果待ちではありますが、ハリソンとの会話は、単語と単語の関係性についてはは大きな破綻はありませんでした。文法としては、異文化の人間同士の接触としては及第点を与えられる。特にあの短時間での文法理解は驚異的です。

しかし、一方で、単語の意味についてどこまで理解しているのかは未知数と言っていい。たとえば我々とのやり取りで街という単語が出ました。

私の意識としては街とは近くにあるニューヨークの意味です。ハリソンもニューヨークを街と表現する点では問題ありませんでしたが、果たしてこのやり取りの中で、街は一般名詞なのか固有名詞なのか、確認できていない。それはハリソンが街という概念を理解しているかという問題ともかかわります」

「つまり、表層的には会話が成立しているように見えて、現実には会話は成立していないということですね?」

「いえ、そこが問題の核心といえます。会話は一部が成立し、一部が成立せず、しかし、双方ともに、それがどこなのか確認できない。

拠点を囲んでいる柱は共通認識を確立するため、具体的には単語の意味を知るために建設されたとすれば、逆説的ですが、カザン人の言語構造もまた大枠において人類と同じと考えられます。つまり単語があり、文法があり、単語は何らかの概念を意味として結び付けられている」

「いまは前途多難でも、将来は明るいということね」

アンナの言葉は、吉野の意見の総括というより、自分や他の幹部に聞かせるために言っているように思えた。

「一つ、よろしいでしょうか?」

発言を求めてきたのは高木だった。エレナ他、一部の幹部がざわついた。アンナが発言を促したので、彼は発言する。

「ハリソンの姿をしたカザン人が単語と単語の関係を理解していたのは昨日の出来事をみても明らかです。そして班長が指摘したように、言葉はわかっていても意味は理解されていないのも、たぶん間違いではない。

しかし、だとするとカザン人はどうやって単語を学び、文法を知ったのか? 情報ソースが第一次調査隊であるのは間違いないでしょうが、だとすれば単語の意味もカザン人は学んでいなければおかしい。

第一次調査隊のメンバーの姿をあそこまで完璧にコピーしているからには、接触はあったはずです。にもかかわらず、単語は知っているが、意味は理解できないというのは、明らかな矛盾《むじゅん》ではないでしょうか?」

吉野が意外に思ったのは、高木の質問が研究者として真っ当なものであり、彼に対する糾弾の意図を感じられなかった点だ。ただ、それはそれで高木の意図がわからない。人間の考えもよくわからないのに、カザン人の意図がわかるようになるのか。吉野の胸中にそんな弱気が走る。

「その指摘は実に重要だと思う。おそらく、どうして第一次調査隊は遭難したのかという謎を解く鍵になると思う。正直、私も高木副班長が指摘した矛盾がどうして生じたのかわからない。

非常に抽象的な話になるが、この矛盾の原因を解明するには、一つ明らかにすべきことがあると思う。

それは第一次調査隊の遭難がカザン人と関係があるのかどうかという問題だ。

たとえば調査船ベアルンが宇宙船のトラブルにより惑星に墜落したとする。それはカザン人にとっては大事件で、彼らは彼らなりに宇宙船の残骸を分析し、人類の言葉の文法をある程度解読できたとする。そこに我々が現れた。

このような状況であれば、単語と文法は知っているが、意味は理解できていない理由は説明できる。

もちろんいまのは説明のためのモデルケースであって、ベアルンが墜落したのだと言いたいわけではない。要するに調査隊の遭難と、カザン人による調査隊の分析が独立事象なら、この矛盾を説明できる可能性があるということだ」

「独立事象か……いや、いいです。ありがとうございます」

高木はそれで質問をやめた。高木の態度は吉野の知っている彼の姿だが、しかしここまでの経緯を考えると、これが彼の実像なのか、吉野にも自信がない。

「いいですか、いまの吉野の話で思ったんだけど、人類の行動や生活、文化とそれを意味する言葉とがカザン人の中で結びついていないのが、昨日起きたことの意味するところだとすると、こうも考えられる」

科学班長のジュリアが、集会場の中央に投影される柱を拡大する。それは砂が固まってできているように見えた。

「吉野説に私なりの解釈を加えると、軌道上に調査船ベアルンが存在しないことから、宇宙船は着陸したと考えられる。ベアルンにはパスカル同様、着陸能力がありますから。

しかし、このことがすでに異例です。我々の基本的な調査プログラムでは宇宙船は軌道上にとどまり、シャトルで人や物を輸送する。ベアルンが着陸することなど本来ないはずです。

おそらくこの着陸の判断が間違いだった。第一次調査隊は宇宙船を失い、地球への帰還手段を失った。

ともかく手順に従えば、いきなりベアルンが着陸するようなことはせず、第一次調査隊は惑星表面を調査していたはずです。その時に都市があったのかどうかはわかりません。ともかくカザン人は宇宙からやってきた調査隊を観察していた。彼らはそれで地球人の行動パターンを学んだが、それに含まれる意味まではわからなかった。

そして調査隊は何かの理由により遭難した。そしてカザン人たちは、吉野班長が言うように、調査隊の遭難後に残された遺物を研究した。しかし、地球人はその時点ではいなかったため、言語理解は非常に歪《ゆが》んだものとなった。そう解釈することも可能です。

ただこの想定でも疑問がある。カザン人たちはなぜ第一次調査隊のメンバーとコンタクトを取らなかったのか？　コンタクトをとっていれば、昨日のような不思議な接触にはならなかったでしょう。彼らの反応は調査隊については研究したが、人間とは接触していないとしか思えません。そこが最大の謎です」

ここで発言を求めたのは調査隊の武力衝突を含む危機管理を担当する警備班のマルク・ベルナールだった。

「ここまでの議論で思うのだが、単純に第一次調査隊がカザン人の襲撃を受けた可能性はないのですか？」

「基本的に、いまの段階で、すべての可能性を否定すべきではないと思う」

吉野はそう話し始めた。

「ただ現時点で第一次調査隊がカザン人の襲撃を受けた可能性は考えなくてよいと思います。カザン人の意図というような、我々には議論できない問題は除外します。純粋に物理的な問題として考えたときに、カザン人の襲撃の可能性が低いのは、まさに調査船ベアルンが軌道上に存在していない点にある。

カザン人には未知の要素が多々あるとしても、その技術水準は軌道上のベアルンを撃墜するまでには至っていない。

たとえば衛星ロスには明らかに第一次調査隊は足を踏み入れている。そこから考えるなら先遣隊が惑星に降り立ち、調査を開始したのは間違いないところでしょう。

仮に惑星に降下した先遣隊が襲撃を受け、全滅したとしても、被害は先遣隊の犠牲に留《とど》まり、第一次調査隊はそのまま帰還したか、あるいは衛星ロスに拠点を建設し、調査を続けながらベアルンを帰還させたかもしれません。

いずれにせよ調査隊が遭難し、宇宙船まで消えてしまうということは起こらない。重要なのはカザン人が調査隊の人間を複製したとしか思えない点です。第一次調査隊のメンバーは総員で七五〇名、全体としてその中の何名が複製されているかわかりませんが、ハリソンとサラは私が確認しました。

隊長と副隊長は原則として宇宙船からは降下しない規則です。しかし、カザン人はこの二人を複製できた。軌道上でベアルンが木《こ》っ端微塵《ぱみじん》にされるようなことはなく、二人は安全に地上に降りたことになります。

これらが襲撃の結果なら、あまりにも辻褄《つじつま》の合わないことが多すぎる。それが私の解釈です」

ベルナールは「ありがとう」とつげて席に着く。実際の姿勢はわからないが、席に着くというのは仮想現実の中で、「了解した」ことを全体に示すアイコンの意味があった。

「危機管理の観点で警備班の班長として提案するならば、現場での増員は見合わせるか、あるいは脱出手段を確保した上での最低限の増員に絞る必要があると考えます」

「科学班長として、一つ提案がある」

ジュリアが集会場の中央に降下カプセルの映像を表示させる。

「現在の拠点は、ニューヨーク、ベルリン、シャンハイとは陸上からのアクセスのよい位置関係にあり、淡水の確保に恵まれている。近くの湖から水を確保できる。

降下カプセルのオプションとして、あまり使われた事例はないが、原理的にこのカプセルは軌道上への離昇が可能だ。構造強度と耐熱性は問題ない。

すでに拠点近くには自衛と宇宙船打ち上げ用のレーザー光線砲の設置工事が始まっている。ここで想定されている宇宙船は大型サンプル打ち上げ用のものだが、レーザー光線の出力には十分すぎるくらいの余裕がある。

パスカルの工房にある3Dプリンターで降下カプセルの離昇用エンジンは製造できるから、そのエンジンに対して、これらレーザー光線砲を使えば、そのエネルギーで淡水を加熱し、宇宙船として軌道上まで上げられる。あるいは脱出のための高度さえ確保できたら、あとはパスカルからケーブルを展開して回収することもできる。

この改良型降下カプセルと増員を送ることは可能だと思う。緊急時には全員がこのカプセルで地上から脱出すれば、機材の多くは捨てることになるとしても、人員は救える」

「調査隊長として確認したい、ジュリア、降下準備にどれくらいかかる？」

「製造に一日、取り付けに一日、安全確認に一日で、三日ですね」

「三日か、ならその間に降下するスタッフの人選を急ごう。

調査隊長として全員につげる。惑星カザンへの降下は危険を伴うことをまず考えてほしい。先遣隊はすでに想定外の事態に直面している。それはそのまま危険を意味しないとしても、想定外の事態とは、常に危険と背中合わせなのは理解してもらえるだろう。

増援は五〇名以内。二等官以上の幹部クラスの志願は認めない。それらについての人選は幹部会で志願者のバランスを見て別途決定する」

だが議論が終わろうかというときに発言を求めてきたものがいた。監査員の加藤《かとう》だった。

「増援の五〇名の中に私のスタッフを含めてほしい。それは監査員権限で認められていると思います」

口調は穏やかだが、加藤の発言には異論は認めないという意思が感じられた。

「二名以内なら隊長権限で認められますが、不都合がなければ監査員のスタッフを含める理由をお聞かせ願いますか？」

「それはもちろんです。

ニューヨーク近くで発見された地下空洞は人工的なものだと伺いました。しかも現在は機能していない。ならばその地下空間には文明崩壊前のカザン人の文明の所産が残されているはず。それは膨大な資産の存在を意味します。

我々としては、調査の必要があります。それが任務ですから」

「監査員、問題の地下空洞は地下一〇〇メートルにあることはご存じですよね？」

「存じております。地下空洞まで掘削しろという話ではありません。それを調査したという事実が重要なのです。十分な事前調査をしている限り、地下空洞の調査義務は証明できます」

「了解いたしました」

ニューヨークの出来事にも彼はなんの感銘も受けなかったらしい。吉野は共感はできないものの、加藤のブレのなさには感心した。

増援の五〇名の選抜は順調に進んだ。というより、志願者が多すぎて、一〇分で打ち切ったため、すぐに人選に入ったからだ。それに伴い、中型シャトルのキャメルは一時的に帰還させ、拠点には小型のモスキートを常駐することとなった。キャメルは衛星ロスに着陸させ、そこでジュリアたちのチームが惑星への着陸に伴う機体への影響などを調査するためだ。シャトルの脚部に付着した砂などを、パスカル船内に持ち込まないための処置でもある。

基本的に惑星カザンに着陸したものは「汚染されている」という前提で、衛星ロスにて検《けん》疫《えき》所を設定するわけである。検疫に関しては、当初はパスカル内に空調などを独立させた検疫エリアを設け、そこで人員の接触を管理することで対応することになっていたが、惑星カザンでの出来事から、こうした処置を設けることとなったのだ。

一方、砂の柱に囲まれた拠点では、隊員たちは可能な限り、屋外で日常生活を送ることとなった。

これは砂の柱が、人類の情報を収集する何らかの装置ではないかという仮説のもと、今後のコミュニケーションのために人類の生活を見せることで、相手に情報を与えるという意味がある。これは主に吉野の発案だった。こうした行為は自分たちが一方的にカザン人に情報を与えることになり、自分たちに不利だという意見もあったが、それは少数派に過ぎなかった。

ともかくコミュニケーションの可能性を拡大しなければ、得られる情報は〇《ゼロ》なのだ。基本的に情報というのはギブ・アンド・テイクなのであり、一方的な情報入手はあり得ないし、またそうした態度は相手にも同様の対応を選択させる可能性が高かった。

吉野の判断が正しいのかそうでなかったのかはわからないものの、こうした対応により砂の柱に変化が生じた。

「班長、桜が咲いてますよ」

その日の朝、吉野はパーソナルＡＩの中性的な声で起こされた。寝ぼけていた吉野に、ＡＩは外を見ろという。少し頭が回るようになって、彼はＡＩの言葉がおかしいことに気が付く。どうして桜が咲いているというのか？

窓から見ると、拠点の周囲はちょうど陽《ひ》が昇ったばかりだった。そして彼らの周囲は桜並木に囲われていた。

「確かに桜だな」

それは桜としかいいようのないものだった。ただ桜にしては不自然だ。むろん本物の桜のはずはなく、ＡＩに壁にカメラの映像を表示させ、拡大すると、やはり模造品とわかった。それらは砂の柱であった。単なる柱状だったものが分岐を繰り返し、枝のようなものを伸ばした。その枝の先端には、薄い膜が桜の花のように広がっている。

吉野は着替えながら、仮想空間の集会場に入る。すでに主なメンバーの半数が集まり、ジュリアを中心に議論が始まっていた。

「あれは確かに桜のように見えるけど、明らかに桜ではない。まず画像でわかるのは、花びらの表面がすべて拠点側を向いている。ドローンで撮影してみたけど、葉も花びらも拠点を向いていて、恒星は向いていない。つまり光合成をしているわけではない。

枝ぶりもよく似ているけど完全に同じというわけでもない。ただ工学的に考えると、合理的な構造とはいえる。

つまり葉と花びらをセンサーとした時、枝を分岐させ、拠点に向かって満開にするというのは、センサーの面積を最大にして拠点を観察するのに都合がいい。枝の分岐もセンサーの数を増やす上で効果がある。

ただ、これはデザインが合理的という話であって、センサーの面積を拡大する方法なら他にも幾らでもある。にもかかわらず桜をモチーフにした理由はわからない。何かで桜の存在を知ったのか、あるいは惑星カザンには収斂《しゅうれん》進化として桜に似た植物が存在していたか、可能性はその辺りだと思う」

この状況で増援部隊の派遣を延期するという意見もあったが、現在の拠点近くの空き地に増援部隊の降下カプセルを着陸させることとなった。現状では直接的な危険が起こるとは思えないことと、増援を延期しても状況を打開できるとは思えないからだ。

そして吉野はカザン人に情報を与えるべく、屋外で可能な限り日常生活を送るという方針を継続することとした。最初にそれを始めてから、あの円柱が桜に変異したのだから。

日常生活を可能な限り屋外で過ごすというのは、確かにカザン人にとって重要な情報源であったのか、桜の葉や花は、人間の動きに反応して角度を変えていることが桜を監視していたカメラ映像で明らかになった。

吉野は桜には強い思い入れがあった。それは蒼井との記憶と重なっている。放浪惑星出身の蒼井は、桜並木が地球のどんな景色よりも好きだった。

公園の同じ桜並木の下を飽きもしないで何時間も二人で歩いていた。二人がどちらともなく結婚を決めたのも、こんな桜並木の下だった。

だからその日も起床と同時に、朝日の中を彼は桜並木の下を散歩した。蒼井ＡＩが喜びそうな景色を探すためにだ。撮影して見せようとか、そういうわけではない。ＡＩなのだから蒼井だって認知している。あくまでも吉野の気持ちの上でのことだ。そうした日課を終えて自室に戻ると、彼はすぐに仕事にかかる。目を通すべきレポートが待っていたからだ。

「ドローンによると、ニューヨークとベルリンでカザン人の活動が止まっている。シャンハイとトウキョウでは特に変化は見られない。ドローンで観察できるのは現状でここまで。偵察衛星では都市部の変化を論じられるほどの情報は得られていない」

そのデータは科学班長のジュリアから朝一のレポートとして送られてきた。どうやら桜が観察したデータはニューヨークとベルリンで処理されていると思われた。拠点に近い二つの都市が反応したことは、吉野も理解できる気がした。

こうして拠点での活動が積極的に行われる中で、ふたたび新たな変化が起こる。それは想定外の出来事だった。

「エンジントラブルかい？」

報告を受けた吉野が現場に行った時、小型シャトル・モスキートの横に展開された作業台では、分解されたエンジン部品が並んでいた。

「まぁ、大したトラブルじゃないんですけどね」

整備担当のエンジニアであるジャスパーが分解したタービンを示しながら説明する。

「露天に置いといたのが悪かったのか、機体のＡＩにエラー表示が出たんですよ。調べたらエンジンが砂を吸ったのか、砂がたまってたんですよ。だから分解掃除です」

そう言いながらジャスパーはブラシでタービンブレードの砂を払っている。いまどきもっといい方法がありそうだが、それでも作業は進んでいる。

「なんでブラシと思うでしょう。逆なんですよ。惑星探査用のシャトルなんで、ブラシ程度の簡単な道具があればメンテナンスができるように設計されているんです。未知の惑星に整備工場なんか期待できませんからね。

モスキートは本当によく設計されていて、機体の大きさの割にエンジンが大きいのも、先遣隊が着陸してキャンプを設定した時に、ここから電源供給ができるようにです。機内にはクレーンも内蔵してますしね。色々と考えられているんです」

「でも、分解されているのは一部だよね？」

エンジンは確かに機体から外されていた。それで初めて知ったが、モスキートには組み立て式の小型クレーンがあり、エンジン本体はそれに吊《つ》り下げられていた。分解されているのは三割程度だろう。

「あぁ、それはブラックボックスです。内部には反物質タンクが入っていて、タングステンの芯を加熱しています。それがエンジンの核です。タービンで風を当てればジェット噴射になりますし、ラムジェット推進で加速してから、推進剤を投入すればロケットとして飛べるわけです。心臓部は完全に密閉されてますから、メンテナンスは不要です。心臓部が壊れたら、捨てるしかありません。危険ですからね。でも、この半世紀、事故の報告はありません」

「そうなのか」

吉野は何年も使っているモスキートについて、知らなかったことが多いことに少しショックを受けていた。もっとも自分が多くの分野で無知であることを自覚するからこそ、彼はそれぞれの分野で専門知識を持つ仲間やスタッフと協調するのだ。

立ち話をしていた彼らの前には、気がつけば一匹の猫がたたずんでいた。バイカラーで長毛の比較的大きな猫だ。それは甘えるようにエンジニアに身をこすりつける。

「ロボットか?」

むろんロボットだ。長時間の恒星間旅行で猫のような小動物は運べない。

「ええ、分解して運んでいたんですが、ここでの滞在中に少しずつ組み立てていたんです。ペットも日常生活の一つですからね」

「それはそうだが……」

吉野はペットロボットのことは完全に失念していた。個人が持ち込んでいるペットロボットを宇宙船内から持ち出すことはないと思っていたからだ。それは規則ではなく、大事な私物だから現場には持ち出さないのが一般的との判断だ。

しかし、この状況でペットの存在を示すというのは情報提供という面ではあり得る話だ。

その一方で、人間とカザン人という比較的単純な関係性の中に、ペットロボットという要素を入れることで事態が複雑になる懸念もあった。

とはいえすでにここにこうして猫が現れたからには、桜型のセンサーにも察知されているだろうし、隠しても手遅れだろう。ならば相手の反応をうかがうのに利用するしかない。

関係者にとって、このエンジニアの持ち込んだ猫ロボットはまったくの想定外の存在だった。それが調査にどう影響するかが読めないからだが、現実は現実だ。幸いにも惑星カザンに持ち込まれていた猫ロボットは一体だけだった。

高木は自分で数人のチームを作り、桜への積極的なコンタクトの実験を行っていた。話しかけて反応を見るというものだ。研究者たちが真面目な表情で桜に話しかけるというのは、滑稽にも見える。しかし、吉野はむしろこうした高木の発想を評価していた。

とはいえ高木たちのアプローチは特に目にみえる成果にはつながらなかった。それはそれで構わない。この方向でのアプローチでは効果が出ないというのも一つの情報である。

吉野が新しい異変に気がついたのはコーヒーを飲もうと部屋を出た日のことだった。自室でもコーヒーは淹《い》れられるが、たまたまカートリッジを切らしていたこともあり、下の階のラウンジに行こうと思ったのだ。ラウンジは四人掛けテーブルが三つほどの空間だが、二四時間いつでも使える場所だった。

深夜であったがラウンジには三人ほどの人間がいた。所属やシフトもバラバラのメンバーたちだ。彼らは吉野が入ってくると、自分たちのテーブルに招いた。そうしてしばらくは他愛《たあい》のない世間話が続いた。

しかし、誰もあえて自分たちの周囲で起きている異変については触れようとはしなかった。それを議論しても結論は出ないだろうという想いと、調査隊の責任者の吉野とそうした話をすることへの躊躇《ためら》いのようなものがあったからだ。ここに来ているのはリラックスするためで、ストレスを感じるためではない。それは吉野も気にしていることだ。

雑談の話題は、地球に戻ったらどうするかというようなものが多い。人間の寿命は二〇〇歳くらいも珍しくなくなったが、それでも一〇年以上かかるミッションに参加するのは相応に覚悟が必要だ。もっと近い星系ならば、調査期間も含めて一年か二年で終わるのが普通だからだ。

「吉野班長は、地球に戻ったらどうなさるんですか？」

警備担当のスタッフが吉野に尋ねた。彼自身は、このミッションに成功すれば階級や権限が大きく引き上げられることが約束されているという。

「何をするかは決めていないが、たぶん仕事は続けると思う」

吉野はそう答えてから、確かにそうだろうと思う。あまり先のことは考えずにこのプロジェクトに参加し、漠然とこれが最後の調査遠征かと思っていたが、そうはなるまいということが彼にはこの時、はっきりわかった。たぶん自分は死ぬまで調査の仕事を続け、どこか地球以外の惑星で人生を閉じることになるだろうと。仕事だけが彼をこうして生かしているのだ。

猫が現れたのは、そんな時だった。無論それはエンジニアが持ち込んだ猫ロボットだ。ロボットといっても本物と見分けるのは難しい。骨格や人工筋肉など本物の猫と同じ構造をしているのだ。体温まで再現されている。

猫は興味深そうに、周囲を観察していた。そして壁沿いに部屋の中を移動してゆく。

「この猫、具合が悪いのかな？」

先ほどの警備担当スタッフがいう。確かに猫の歩き方は、何か不自然だ。

「持ち主に調整するように言わないとね」

猫はどこか調子が悪いようで、テーブルに飛び乗ろうとして失敗し、スタッフの一人に抱き抱えられて、やっとテーブルの上に登ることができた。

「どうしたんでしょうね、筋肉の制御がうまくいかないのかな」

テーブルにあげたスタッフが慣れた手つきで、猫を撫《な》でる。普通はゴロゴロと喉《のど》を鳴らすのだが、やはりどこかに不調があるのか、猫は喉も鳴らさない。ただ不思議そうに周囲を観察するだけだ。何を見ているかわからないが、ときどき何もない空中を凝視したりもする。

猫はそれからテーブルを飛び降りたが、あまり上手な着地とはいえなかった。そしてそのままラウンジを出て行った。

騒動となったのは翌朝だった。

「そうすると、少なくとも三匹の猫が拠点内を徘徊《はいかい》していたというのか?」

朝になり吉野は警備主任のアレックス・カレフより報告を受けた。

「まず拠点内にいるはずなのはジャスパーが組み立てたマリアージュだけです」

「マリアージュ?」

「猫ロボットの名前です。ジャスパーは昨夜はマリアージュと居室におり、猫はそもそも外に出てはいません。明らかに複製された猫が拠点内部に紛れ込んでいるのです」

「やられたか」

考えてみれば当然の話だ。手段は不明ながらも、人間でさえあれだけ完璧に複製できる相手なのだ。ロボット猫を複製するくらい簡単なものだろう。何のためにそんなものを作り上げたかといえば、悪くいえばスパイ、客観的にいえばやはり情報収集だろう。だが吉野にはこれはチャンスにも思えた。

「増援が降下するのは数時間後ですが、中止しますか?」

「なぜ中止する。増援は計画通りに行う。それと猫ロボットを三つか四つ積み込んでもらってくれ。私に考えがある。

ところで、猫が増えたことを監視カメラのAIは問題としなかったのか?」

「それですが、増えた猫たちは、監視カメラの映像を信じる限り、砂の中から現れました。

地下を移動して拠点内に侵入したようです。

監視カメラのＡＩは外部からの侵入者に対して、蝶々《ちょうちょ》だって見逃さない特性を持っているのですが、領域内に関しては脅威度の評価基準が変わります。内部のものに対しては危険な行動かどうかが注視され、それ以外のことについてはさほど重視されていません。

もちろん不審人物が増えればＡＩは即座に反応しますが、人間以外の対象物に対しては危険行為がない限りは無視されます」

「まぁ、ＡＩだって猫が徘徊していたところで、気にはしないか」

吉野はすぐにこの事実を拠点のスタッフと軌道上のパスカルに報告した。いつものように伝達は仮想空間上で行われた。

「桜による情報収集は定点観測だった。カザン人は次の段階として、移動体による情報収集に移ったのだと思う。これ自体は合理的な判断だろう。

問題はこの事態にどう対処するかだが、私はこの猫たちを受け入れるべきだと思う。可能な範囲で検査は行いたいが、解剖はしない。非破壊検査のレベルに止める。

この猫の活動により、カザン人との円滑なコンタクトの可能性が高まると考えるためだ」

吉野の提案は概ね受け入れられたが、それは提案が妥当だからというより、現状では他に選択肢もないからという比較的消極的な理由からだった。

増援についても延期論もないではなかったが、こちらも予定通りに送られることとなった。

予想外のことが続きすぎるために、ここで延期して事態がまるで進捗しない方がリスクが高いという解釈である。

こうして予定より数時間遅れで、増援部隊の降下カプセルが拠点近くの砂漠に着陸した。予想されたことだが、桜は上空に降下カプセルが現れると葉や花を降下カプセルの方に向け、一部では枝も動いた。

二つの降下カプセルの間には道路が啓開され、それにより二つは結ばれた。この道路建設の中で、桜の木が二本切り倒されたが、カッターが幹を切断し始めると、それは一瞬で崩れて砂の山へと変わった。

元々が砂の柱の変形であったから、砂に戻るのはある意味筋は通っていたが、それでも枝葉を茂《しげ》らせたものが、瞬時に砂に変わる光景には信じられないものがあった。

運ばれてきた三匹の猫ロボットはピンク色をしていた。これは識別のためだったが、この三匹の役割は、マリアージュの三匹のコピー猫と接触することにあった。

猫は言葉など発しないが、猫ロボットとコピー猫の間で、身振りや鳴き声で、何らかのコミュニケーションが成立しないかと考えたのだ。

吉野としては、ロボット猫とコピー猫の接触から、カザン人との直接的な接触機会を得たいという思惑もあった。

しかし、猫ロボットを使う方法は成功とは言い難《がた》かった。コピー猫たちは、ロボット猫を見ると逃げていったからだ。一時的に追跡させたりもしたのだが、それだと単なる猫の追いかけっこになってしまい、すぐにやめさせた。

結果的に意味もなく拠点を猫たちが徘徊するという形になった。コピー猫はさらに数を増し、増援部隊の降下カプセルを観察した。ただ増援部隊の着陸地点周辺には、桜も柱も生えることはなかった。

そして増援部隊が降下して二日目の朝、すべての桜が消滅し、コピー猫たちも消えた。監視カメラの映像によれば、それらはほぼ同時に、一瞬にして砂へと変貌していた。

5 客人

コピー猫がいなくなり、桜も消えた拠点では、改めて砂の分析が行われることとなった。惑星表面の砂が単なる砂ではなく、何らかの機能を持った工業技術の産物であるのは予測されていたが、その目的や正体ははっきりしていなかった。

だが監視カメラ映像でコピー猫や桜が解体した場所で回収された砂は、地表を覆っている砂とはまた別の構造を持っていることが明らかになった。

緊急の会議が再び仮想空間で開かれる。最初の報告者としてジュリアが説明をはじめる。

「まず非破壊検査によると、コピー猫も桜も、砂の集まりではなく、動植物の構造を持っていました。それらの解体後に砂が残っていたというのは、素直に解釈すれば解体された結果として砂に変じたのではなく、この砂によって分解されたということになります。

もっと言うならば、同じ砂のはたらきによってコピー猫や桜が構築された可能性もあります。そしてここの砂はナノマシンの類《たぐい》である可能性が指摘されていた。

つまりこういうことです。カザン文明は滅んだように見えて滅んでいないのかもしれません。惑星表面を覆う砂は素材であり、この素材を利用して桜なりコピー猫なりが構築された、というのが惑星カザンで起きていることだと解釈できます。

そうであるならば彼らはすでに道具を必要としない文明段階に到達していたということになります。ナノマシンがハリソンたちを再構築したのだとすれば、あるいはカザン人にとって、これは不死を実現する技術だったのかもしれない……いや、これは先走りすぎですね」

ジュリアはそういったものの、場内のざわめきは収まらない。惑星全体をナノマシンとナノマシンが利用する素材で覆ったのなら、カザン人には生活に必要なものをすべてそこで手に入れることが可能となったはずだ。そうなれば自分たちが知るような形の文明を維持する必要は無くなっただろう。

ただ仮にそうであるなら、カザン人たちは文明を不要とするだけでなく、文明人であることさえも無駄となるのではないか。野生動物の如《ごと》く、その辺を彷徨《さまよ》い歩いても、生きるために必要なものは手に入るからだ。

とはいえ吉野《よしの》もジュリア仮説は示唆に富んでいるとは思うものの、それで解決できない問題はいくつもあることもわかっていた。まずそうした文明を構築したカザン人は、いまどこにいるのか？　砂が地表を覆っているなら、地上にいなければおかしいが、そんな姿は見えない。

それよりも何よりも重要なのは、第一次調査隊はどうなったのか？　ということだ。ジュリア仮説では、彼らは全員がナノマシンに解体された可能性が出てくる。しかし、これにもやはり疑問がある。惑星表面が何でも解体するような危険なものであるなら、先遣隊の段階でわかるはずだ。

第一次調査隊にしても素人の集まりではない。さまざまな状況を想定し、安全を確保した上で調査を行っている。もちろんそこまでしても、人間のすることだ、多大な犠牲を覚悟しなければならない状況はあるかもしれない。

だが調査隊員はおろか宇宙船ベアルンまで姿がないとはどういうことなのか？　さらにもう一つの疑問が衛星ロスの宇宙基地だ。ナノマシンにより道具を不要にした文明の宇宙基地にしては、地球人である自分たちに理解しやすいという点で、かなり旧式だ。技術水準に大きなギャップがある。

しかし、拠点の先遣隊が事態の推移に驚かされるのはまだ早かった。拠点周辺を周回しているドローンから報告があった。

「車両が接近中です」

そうしてドローンのカメラが映し出したのは、吉野らが最初に使っていたバギーそのものだった。それは完璧にコピーされていると言ってよかった。ロゴさえも正確に再現されている。そしてバギーにはジェームズ・ハリソンとサラ・スミスが乗っている。運転しているのはサラだった。

「おそらく我々との接触を目的としていると思われる。ハリソンとサラが乗っているのは、私とのコンタクトを意図していると思う」

「一人で大丈夫か？」

アンナ隊長が確認するが、吉野は問題ないと返答する。

「運転手がサラというのは、もしかして私を見て判断したのではないですか？　なら私も応対すべきと思いますけど」

前川伽耶《まえかわかや》の提案を吉野は受け入れた。こうして二人は拠点の外に出て、バギーの接近を待った。そうした間にも事態は動き出していた。二人の視界の中に仮想空間が現れ、ジュリアがつげる。

「コンタクトに直接危険をもたらすものではないと思うけど、惑星のあちこちで地殻変動のような変異が起きている。軌道上からだとはっきりしないのだけど、大陸全体を覆う砂にうねりが生じている。あるいは消化器官の蠕動《ぜんどう》に似てる。

中心となっているのはニューヨーク、ベルリン、シャンハイ、トウキョウの四都市。状況から判断して、我々との接触がトリガーになっていると思う」

「我々との接触が、惑星規模の変動を招いたというのか」

自分たちとの接触がカザン文明にとって大事件であるのはわかる。それでも惑星規模の変異を起こすというのはやはり信じ難《がた》い。しかし、現実は現実だ。

ドローンによると、バギーはニューヨークから拠点まで一直線で向かっているらしい。湖の周囲を通った吉野らとは別のルートを選んだようだ。吉野は自分に取り付けたカメラの最終チェックを行う。ここから先のやり取りはすべて記録される。

やがてバギーの姿が見えた。彼らは吉野と前川の姿を認めると、猛スピードで走ってくる。

「あのバギーの音、本物と同じです。音だけでは断定できませんけど、あれが複製なら部品レベルから正確な再現のはず」

車両やシャトルの操縦全般を担当している前川の判断には吉野も信を置いている。その彼女がいうからには、それは重要な情報だ。

「部品レベルから……どうやって？」

「そういえば、バギーの周辺で猫たちが遊んでました。遊んでいるものと思ってましたけど、徹底した非破壊検査をしていたのかもしれません。モスキートでも遊んでいたんですよね」

「さすがにあれは反物質を熱源にしているから、部品の複製だけでは再現は無理だろうな。それでもバギーの電池まで再現できるなら恐るべき再現性だ」

バギーはほぼ減速することなく吉野らの前まで来たが、そこで綺麗に停車した。

「吉野悠人《ゆうと》博士に前川伽耶技官ですね」

ハリソンはバギーから降りると、前回とは比較にならないほど自然な口調で、そう話しかけてきた。

「あなたは？」

「ジェームズ・ハリソンです、こちらは妻のサラ・スミスです」

ハリソンに紹介されると、サラは運転席で会釈する。ここだけ見ればごく普通の人間のやり取りだ。しかし、ハリソンの自己紹介は明らかにおかしかった。まず二人とも地球に戻れば既婚者だ。

むろん彼らが本物のハリソンなりサラである可能性は著しく低い。さらに先遣隊には夫婦で参加している人間はおらず、ここでの日常を観察したとしても、夫妻という概念を知ることができるとは思えない。

確かに先遣隊のスタッフの中には、少人数が狭い施設で生活する中で、半同棲状態のカップルも幾つかあるらしい。しかし、そうだとしても一夫一婦制についての知識を桜を使おうと猫を使おうと得られるはずはない。得られるとすれば第一次調査隊からだろう。

「ハリソンさん、あなたの職業は？」

第一次調査隊の隊長です。そうした返答を吉野は予想していたが、返ってきたのはまったく別のものだった。

「ニューヨーク市民の代表です」

カザン人の都市について前回の接触ではニューヨークという単語こそ使われたが、その単語が自分たちが認識している都市名であることまでのコンセンサスはできていない。せいぜい文法的に間違いがない程度のものだ。しかし、いまのハリソンはニューヨークという都市の概念を理解しているようだ。また第一次調査隊が知るわけがないから、この知識は拠点建設後にカザン人が知ったことになる。

おそらくそれが桜やコピー猫たちによる情報収集の結果だろう。ただそれでもやはり、自らを市民の代表と名乗るというのは、あの程度の情報収集でできるとは思えない。

吉野がそんなことを考えていると、ハリソンから話を切り出した。

「我々は人間について学びたい。だからみなさんにニューヨークで生活していただきたい」

「移住ということですか？」

「それは我々が人間を理解してから交渉しても遅くはないでしょう」

「確かに」

ハリソンの主張は筋が通っていた。しかし、どうしてここまで話が見えるようになったのか、そこに大きな疑問が残る。

さらに不可解なのは、「我々は人間について学びたい」とハリソンが言ったことだ。それは素直に解釈すれば、ハリソンたちは自身を人間と認識していないことになる。吉野もハリソンらは複製された人間だろうとの認識は持っていたが、このような形でハリソン自身の口から聞くことになるとは思わなかった。

「君たちは人間の存在をいつ知ったのか？」

吉野はそれにより第一次調査隊の人間たちがどうなったかを知ろうとした。しかし、ハリソンの返事はやはり予想外のものだった。

「いつとはどういうことか？」

ハリソンの表情にどこまで意味を認めるべきかはわからなかったが、彼の表情を見ると本当に理解できないように見えた。

「君たちが人間の存在を知ってから、どれだけの時間になるのか？」

吉野はその質問をある確信を持って行った。そして予想は当たった。

「時間とは何か？」

ハリソンが哲学的な話を仕掛けているのではないのはわかる。これは文字通り、時間という概念がハリソンらにないということなのだ。しかし、ハリソンに時間の概念を理解させるのは至難の業だ。少なくとも現時点では下手な説明は誤解を生むだけだろう。

「その問題は今後の相互理解が進んだ時点で改めて議論したい」

「了解した」

ハリソンはあっさりとそれを了解した。表面的には安堵《あんど》すべきことではあるが、時間の概念も共有できていない相手との了解事項をどこまで信頼できるのか、そこは疑念が残った。

「話を戻すが、君たちは我々にニューヨークでの共同生活を望むとのことだが、具体的にどんなことを考えているのか？

たとえば移住といってもそこでどんな生活をするのか？」

ハリソンはそうした質問までは考えていなかったらしい。先ほどとは違って、反応までに少し間があった。

「移住する人間はそちらの男女一五組で三〇人。我々の用意したそれぞれの世帯で共同生活をしてほしい。そこであなた方が何をするかはあなた方が決めてほしい」

「君は我々を何者と思っているのか？」

それにはハリソンは即答する。

「第二次調査隊の先遣隊です」

「第一次調査隊は知っているか？」

「存じません」

それは明らかに矛盾《むじゅん》していた。第一次調査隊の隊長こそハリソンであり、知らないということはありえない。ただ、意図して嘘をついていると言うことも考えにくかった。わかっていない、それが状況としては一番納得できる。

「君らの提案はわかったが、こちらにも準備がある。少し時間をもらいたい」

吉野はうっかり時間という単語を使ってしまったが、今回はハリソンは「了解した」と述べるだけだった。どうやら時間という概念を本当に理解していないからこそ、先ほどの「いつ知ったのか」は理解できないが、単語として「今後」とか「時間をもらいたい」は疑問には思わないらしい。その反応の違いが矛盾であると理解できるレベルにも達していないということだ。

こうしてハリソンとサラの乗ったバギーはニューヨークに戻って行ったが、その間にもニューヨークは他の三つの都市と融合していた。

四つの都市が一つの大きな環状線というべき道路で囲まれ、ニューヨークを中心として建物が再配置され始めたのだ。建物の再配置は、建物が移動するのではなく、解体されて同じものが別の場所に再建築されるようだった。そしてこの動きは、まだまだ続きそうだった。

探査衛星によれば、当然のことながらニューヨークの再構築は広範囲な赤外線放射を伴った。また同様に変化は大陸全土で起きていた。大陸のニューヨークを中心として西側と東側にニューヨークと同等の規模の都市が建設され始め、それらは既存の小土地や集落と道路で結ばれ始めた。

ただ軌道上から惑星全体を見ると、都市部の再構築が起きている部分こそ赤外線量が増えてはいるが、それ以上に顕著なのは、緑地帯が急拡大していることだという。まず草原が拡大し、その後で灌木《かんぼく》が生えている。それに合わせて毛細血管のように水路網が広がっているという。

ただこの水路網は地下で拡大しており、地上にはほとんど露出していない。探査衛星の赤外線センサーと合成開口レーダーでやっとわかるのだという。

この状況に調査隊長のアンナ・ベッカーは吉野に対して「リーダーとしての吉野の他に三〇人の人選を行い、ニューヨークに向かう」という命令を出した。

いつもなら専門家の意見を聞いた上で判断するアンナにしては異例だが、彼女に与えられている権限を考えれば、この命令に問題はない。それは仮想空間上で、調査隊全員に流された。

「我々は一隻の宇宙船が遭難した理由を調査すべく派遣された。しかし、現実に遭遇したのは、未知の文明と惑星規模の変異であった。

現時点では専門家が仮説を立てることさえできないでしょう。ニューヨークのカザン人との交流はもとより、惑星規模の動植物の調査や地質調査も不可欠です。ナノマシンについて工学的な研究も忘れるわけにはいかない。なすべき仕事が多すぎる。

せめて俯瞰《ふかん》した仮説を構築できるようにするためにもカザン人との接触は重要です。我々は情報を集めなければなりません」

普段の吉野なら、アンナの性急な姿勢に反論するところだが、今回ばかりは彼女と同じ見解だった。自分たちが現れたことで、住民どころか惑星レベルで変異が起きている。状況を把握するためだけでもカザン人との接触は急務だろう。

「調査隊長として、専門家の意見を求めたいのですが、我々が接触してきたハリソンたちをカザン人と考えてもいいのでしょうか?」

それは吉野というよりも、彼のチームに向けられたものだった。だからまず吉野が代表して発言した。

「カザン人という言葉の定義に混乱があるのは残念ながら認めざるを得ません。その理由は言うまでもなく、ハリソンたちの存在です。

まず、我々が文明の存在を察知した時点における、文明の担《にな》い手としてのカザン人がいます。その姿は衛星ロスの基地に残された痕跡から判断して、人類とはまるで違う形状です。これは本調査隊派遣の時点におけるカザン人の定義でもありました。これを仮に原初カザン人と呼ぶこととします。

問題はハリソンたちのような、第一次調査隊の隊員を複製したとしか思えない存在です。彼らは当初想定していたカザン人とは異なります。しかし、惑星カザンで文明を維持しているのは彼らだけです。その意味では、現在のカザン人はハリソンたちです。彼らを現生カザン人と呼ぶこととします。

考えねばならないのは、原初カザン人と現生カザン人の関係と、第一次調査隊との関係です。第一次調査隊が原初もしくは現生カザン人と接触し、何らかの交流があったのは間違いないでしょう。

考え方は二つあります。

一つは、第一次調査隊は原初カザン人と接触し、その結果として惑星の地表に現生カザン人が誕生した。この場合、原初カザン人はいまだに惑星の地下かどこかに生存し、文明を維持している可能性があります。

もう一つは、原初カザン人は絶滅しており、現生カザン人だけの惑星に第一次調査隊が接触し、理由は不明ながら彼らは調査隊のメンバーをコピーした。

大きな流れはこの二パターンと考えますが、それでも幾つかの問題については仮説も立てられないのが実情です。

たとえば地表を覆う砂はいわゆるナノマシンに分類されるものであり、それらが現生カザン人を作り上げたと思われますが、第一次調査隊との関係は不明です」

「ナノマシンが第一次調査隊を何というか、完全に解体してしまった可能性は？」

吉野の話を聞いていた調査隊員の一人から質問がなされた。軌道上にいるパスカルの人間らしい。

「その可能性は否定できないと思う。ただ、そうであるならばどうして我々はナノマシンに解体されないのかという疑問が残る。さらに惑星規模の変化とどう関係するのか？　一連の疑問を解消する鍵はナノマシンにあると思うが、そちらについてはわからない」

それについてはすぐに科学班長のジュリアが対応した。

「現在のところ、ナノマシンの解析は十分には進んでいません。調査隊を解体した可能性のあるものをパスカルに持ち込めませんから。

現段階では拠点周辺の砂の分析しかできていません。惑星全体の変貌については何が起きているのか語れるレベルにはありません。

ただ、拠点周辺の砂の種類が急激に変化しているようです。拠点開設時に周辺の砂は比較的単純な構造のものでした。しかし、砂の柱が現れてから構造の複雑な砂が増え、いまは最初の単純な砂は少数勢力となっています。

この砂の種類の入れ替えについては、最初の単純なナノマシンが材料であり、複雑な構造のものがビルダーとして桜やコピー猫を作り出した結果と解釈できます。そうであるならば、拠点周辺で観測されたナノマシンの変異と、惑星規模で進む都市や緑地帯の拡大は、同じ現象を別の視点で見ているとも解釈できます」

仮説段階だが、ジュリアの意見は妥当なものと思われた。この仮説であれば、自分たちの周囲で起きている事態と、惑星規模で起きていることを同時に矛盾なく説明できる。

それでも一連の議論により、調査計画はさらに修正された。まずナノマシンの潜在的な危険性から先遣隊と増援部隊は、安全が証明されるまで宇宙船パスカルには帰還しない。また問題の複雑さから、さらなる機材とスタッフの増員が必要と判断され、中型の降下カプセルをパスカルの3Dプリンターで製造することとなった。

この第二次の増員スタッフにはニューヨークに送られるスタッフの候補も含まれていた。こうした準備の間もニューヨークからは誰も来なかった。理由は判然としないが人間たちのアプローチに反応して行動を決めるのか、あるいは時間の概念がないことが影響していることも考えられた。

ニューヨークに向かう吉野以外の男女三〇人の人選についてはかなり難航した。定員に対して希望者が多かったためだ。第一次調査隊はナノマシンに解体されてしまったのかもしれないと言われているにもかかわらず、それでもなおカザン人社会での調査を希望するものが多かったのだ。

第二次調査隊の総勢は三六〇〇人であるから、三〇人など一パーセントにも満たない。危険に対する感度の低い人間もその程度はいるわけだ。

結局これもアンナ・ベッカー隊長の裁定で決めることとなった。吉野にとって三〇人のリストは妥当と思われるものだった。ただメンバーの中に高木《たかぎ》が含まれていたことは意外だった。班長と副班長の両方がニューヨークに行くことはいささか危険と思われたためだ。吉野はそれをアンナに確認した。

「文明調査班の副班長ならパスカルに山崎《やまざき》が残っている。リスクという点では惑星カザンに降下した時点ですでにハイリスクです。惑星規模で変異が起きている中、吉野がニューヨークで危険な目に遭っているのに、高木が拠点で安全ということは考えにくいでしょう。それにこれ以上、高木を拠点に留《とど》めるのもチーム運営上あまり望ましくない」

「なるほど」

どうやら高木の吉野への反感や不満を、アンナは本人以上に気にしていてくれたらしい。吉野はそのことに素直に感謝した。

追加のスタッフも降下したことで、拠点の人数は一五〇人を超える規模となった。中心となるのは文化面の調査スタッフよりも惑星環境の調査スタッフの方が多かった。ただし惑星環境調査班の班長であるエレナは衛星ロスに残っていた。ＬＵＣからもさまざまな発見がなされており、他所《よそ》に移動できる状況ではないためだ。

三〇人のスタッフは、パスカルで製造し、降下させた二台のバスに分乗してニューヨークへと向かった。すでにニューヨーク周辺の諸都市は一つになっており、それらの都市近郊の湖も一つの都市の中に飲み込まれていた。

都市の変貌はドローンで概《おおむ》ね把握していたが、地上から観察すると上空とは違った姿が見えた。

ニューヨークは四つの湖を内部に収めるかのように、壁で円形に都市を囲んでいた。ニューヨークの壁には四か所のゲートのようなものがあり、そこから外部への街道が伸びていたが、五〇〇メートルほどで途切れている。どこに向かって伸ばすべきかが決まってないように見えた。周辺に大きな都市がないからだ。ただハリソンらが都市とは外部と交通がなければならないと認識しているのは察せられた。

バスはしばらくは砂地を移動していたが、やがてニューヨークに通じる舗装道路に出る。拠点を移動するにあたっては、メンバーのコンセンサスとして惑星の表土がナノマシンであるなら、自分たちの動向は筒抜けだろうという予測があった。

それを裏付けるように、ニューヨークに入るとハリソンとサラが待っていた。

「お待ちしていました」

ハリソンとサラがそう言って吉野たちを出迎えた。二人の背後には二〇人ほどのスタッフがいた。それらを撮影していたカメラは顔識別で、彼ら二〇人もまた第一次調査隊のメンバーと一致することを示していた。

しかし、それ以上に吉野らが意外に感じたのは、彼らの衣服だった。彼らは地球での正装で吉野らを迎えていた。公式なイベントには正装で臨むという文化は、いまの地球では必ずしも常識ではなかったが、彼らはそれを学んでいたらしい。

「ご案内しますので、ついてきてください」

ハリソンはそう言ってバスの前をサラと共に歩み始める。

「それより乗車して、案内してもらえませんか?」

吉野はハリソンにそう提案してみた。彼がそうした提案にどう反応するかに興味があったからだ。

「そちらのバスには私が乗る余裕はないでしょう。そんなに長い距離ではないので案内します」

それは人間の返答としては完璧と言ってよかった。しかし、吉野にはまさにその完璧すぎる部分が気になった。言葉が通じるからと言って意味が通じるとは限らない。それこそハリソンから吉野が学んだことだ。

結局、吉野はハリソンが言うように、彼の後ろをバスで移動した。移動した距離は一キロほどだったが、吉野はその間にニューヨークの変貌をじっくりと観察することができた。

前回と今回の一番の違いは、建物に多様性が見られることと、建物の用途の違いがデザインに反映されていることだった。

典型的なのは、前回には存在しなかった小売店の店舗が幾つも見られる点で、さらにそれらの店舗には店員もいれば客もいる。

そうした店舗は、二一世紀中期あたりの店舗に似ていた。とはいえ車窓からでは、何が売られているのかまではっきりしない。また通貨の類があるかどうかもよくわからなかった。それでも通行人が書き割りのような存在ではなく、確かに何か目的を持って歩いているというのは大きな違いだ。

そうしてバスは広場に案内された。ドローンの地図により、そうした広場があることはわかっていたが、前回の街の中心にあったような集会場と比較すれば決して目立つような規模ではなかった。

素材についても前回のレンガか素焼きのような素材ではなく、多様性があるようだった。何よりもガラス窓が増えているのが印象的だった。

前回は市民たちが無秩序に集まっていたが、今回はそんなことはなかった。広場の一角に三〇人ほどの男女が待っている。第一次調査隊の先遣隊のメンバーから選ばれた三〇人らしい。ただ重複する顔のカザン人はいない。

制服のものと私服のものが交じっていたが、制服は第二次調査隊のもので、コピー猫や桜の観察能力のためか、ほぼ完璧な仕上がりとなっている。

私服についても第二次調査隊のメンバーのものと思われた。吉野がそう思ったのは、私服が地球を出発した時に流行していたものだからだ。第一次調査隊のメンバーが出発した時と自分たちが出発した時で一五年の時間差があるのだ。それだけの時間があれば流行も変わる。

着衣にせよ都市の建築物にせよ、文化的な精度とも言うべきものが向上している印象だ。そしてそれは自分たちを観察してカザン人が学んだことなのだろう。

「それではみなさん車から降りてください」

ハリソンが言う。吉野はスタッフに降車を指示した。変な部分で言葉が通じるため、却《かえ》って何が起こるのか予想もつかない。危険はなさそうだが、それにしても確信を持てるかと言われれば不安になる。

「みなさんには、こちらに待機している我々の仲間と共同生活をしていただきます」

「そういうことか……」

吉野だけでなく、スタッフの多くがその言葉に驚いた。吉野他のスタッフのイメージとして、拠点での生活のように、ニューヨークで男女三〇人（つまり男女一五組）が普段の生活を行い、それをカザン人が観察し、可能な範囲で相互交流を発展させるようなことを考えていた。

だがどうやら吉野たちとハリソンの間には数の表現に認識の違いがあったようだ。彼の「男女一五組で三〇人」とは「三〇人の人間で男女は同数」の意味でしかなく、「スタッフ一五組が生活する」の意味ではなかったのだ。

第二次調査隊から男女同数の三〇人とハリソンの用意したカザン人三〇人の総計六〇人（三〇組）による、地球人とカザン人をひと組とした共同生活ということだ。

たしかに地球人とカザン人の共同生活の方が相互理解が進むという考えはあり得る。吉野だって相互理解がある程度進めば、そうしたことを提案しただろう。

考えてみればハリソンとのやり取りで、この程度の意思の疎通のミスマッチはあったとしても不思議はない。そもそもこうしたミスマッチを解消するためのコンタクトではなかったか？

「どこで共同生活をするのか、その場所を見せて欲しい。住環境に問題があるかどうか、確認したい」

吉野はハリソンにそう提案した。あくまでもこのまま進めるか、一度引き返すかの判断をする時間稼ぎのためだ。場合によってはこちらの当初の想定を受け入れてもらうことも選択肢の中に入っていた。

「当然の要求ですね。こちらです」

ハリソンと彼の仲間たちが先になって向かったのは、古代ローマのコロッセオを思わせる円形の建物だった。ドローンによる偵察写真で、そのような建物の存在は吉野たちも知っていた。

その建物は全体としては直径一〇〇メートルほどで、中心部に直径五〇メートルほどの中庭がある。中庭は小さな公園のようになっていた。

円形の建物は三階建てで、コンクリートというより石造りのような質感であった。そして建物が道路に面した部分は、円の中心から九〇度の範囲で、開放されていた。つまり建物そのものはC字のような形状になっている。

そして内部の構造は意外にも降下カプセルを利用した調査隊の拠点の内部と類似している部分が多かった。各階のフロアは、玉ねぎの断面のような構造をしていた。まず中庭に面したエントランスを兼ねる廊下があり、廊下は住居スペースと通じていた。

この住居スペースの外側にも廊下があり、その廊下の外側もまた居住スペースとなっている。つまり各フロアは廊下と居住区を挟んだ四段構造となっている。こうした四段構造で内側の居住区には窓がなく、外側には窓があるのは拠点の居住エリアの構造そのままだ。このような構造が三階分つみ重なっているのが、案内された建物だった。

道路に面した側《がわ》と反対側の一部は、居住区ではなく広い共有空間となっていたが、これも拠点の設計と同じだった。拠点では集会場や食堂として活用されている。

吉野にはこのことは非常に興味深かった。いままでならおそらくここには降下カプセルの複製が作られていただろう。しかし、この施設は降下カプセルの構造の影響が強いものの、独自の設計で構築されている。

惑星カザンの文明の担い手が何者なのかはいまだに未知数の部分がある。しかし、それらの学習成果が進化しているのは間違いなさそうだ。

吉野は施設内を確認すると、一階の集会場にスタッフ全員を集め、ハリソンの要求にどう対応するかを討議することにした。ハリソンも同席を要求したので、それは許可した。議論を彼がどう解釈するかに興味があったからだ。それもあって集会場の様子は複数のカメラで記録するよう指示をしていた。

「我々がここにきた目的を考えるなら、ここはハリソンの要求に従うべきではないでしょうか？　便宜的にペアを組んでいますが、あくまでも調査のためであり、それ以上の何かを制約するものではないでしょう」

それは高木の発言だった。高木とペアを組むはずだった女性は竹川美優《たけがわみゆ》というエンジニアで、彼との接点は分野が違うのでほとんどなかった。ほとんどのペアが同様の基準で選ばれていた。

こうした背景もあって、高木の提案は特に反対のないまま受け入れられた。吉野はハリソンの表情を見たが、特に満足そうな様子もなく、ただ愛想よく笑みを浮かべていた。

そこから先は単純な実務作業だけが続く。ハリソンに促されるように吉野のスタッフは一列に並び、指示された部屋に私物を持って移動する。ここまでの采配はハリソン一人で行った。吉野たちの協力もあり、この程度の作業なら一人で十分だろう。

吉野はリーダーとして単独で生活することをハリソンに説明した。驚いたことに、ハリソンは吉野に専属の連絡係を用意しているという。

「吉野も共同生活をしなければいけません。特別な存在なのはわかっています」

ここまできたら拒否もできない。ハリソンによれば、連絡係はすでに吉野の部屋に入っているという。吉野としてはこうした割り当て方に抵抗がないわけでもなかったが、人類について学びたいというカザン人のことを考え、そこは我慢することにする。いまの段階で気持ちレベルのことを抗議したところで無意味だからだ。

吉野が割り当てられた部屋は三階にあり、集会場の右隣に位置していた。部屋としては他のメンバーのそれと変わらない。ハリソンたちには役職で待遇を変えるという観念はないようだ。もっとも客観性を考えるなら、階級が高いから待遇も相応に上げるという人類の観念の方がおかしい可能性はある。そんな待遇の差に意味があるのかと問われて、客観性を持って納得のできる説明ができる人間はいないだろう。

最初に見学していたので、吉野も指定された部屋の構造はわかっていた。部屋には二間あり、その他に小さいがユニットバスなどの水回りの設備が揃《そろ》っている。どうも部屋の構造に関しては、一般スタッフの二人部屋ではなく、吉野ら幹部の居室を参考にしたらしい。

階段を登りながら、自分の部屋には誰の複製が待っているのだろうと吉野は考える。

第一次調査隊の総人数は七五〇名で女性は三七〇名だった。さすがに吉野でも、その中で見知った人間は数人だけだ。だからたぶん同室になるのは知らない女性だろう。第一次調査隊のメンバーはどうなったのか？　誰であれルームメイトとなるその女性が、その謎に答えを出してくれるのを吉野としては期待するだけだ。

意味があるのかわからないが、吉野はドアをノックする。ドアは当然木製などではないが、質感は木に近い。こうした部分もカザン人が単純な模倣をしただけではないことを示している。

「どうぞ」

部屋の中から女性の声がした。その声には聞きおぼえがあった。ただ誰なのかはすぐに思い出せない。第一次調査隊の中で、知っている女性ではない気がする。

「……君……なのか……」

ドアの向こうにたたずんでいたのは、吉野がまったく予想していなかった人物——何年も前に死亡した妻の蒼井《あおい》だった。ハリソンは吉野だけに特別の連絡係を用意したと言っていたが、それはこのことを意味していたのか。

「驚いた？」

「驚いた」

なんとも間の抜けた返答だったが、それが吉野の本心だった。どう考えても彼女がここにいるはずがない。第一次調査隊のメンバーではないし、すでに死亡した人物だ。どうして彼女をカザン人が知っているのか？　しかも吉野の目から見ても、その蒼井は本人にしか見えなかった。

「どうして君がここにいるんだ？」

「いたらご迷惑？」

蒼井は揶揄《からか》うように笑う。それはまさに生前の妻の仕草だ。

「迷惑なわけがないじゃないか！」

吉野は一瞬、蒼井を抱きしめようとしたが、すんでのところで思いとどまる。蒼井は吉野の記憶にある姿そのままだが、自分はあれから二〇年は歳を重ねているだろう。

あれほど恋焦《こいこ》がれた蒼井。しかし、その気持ちとは別に、こんなことはあり得ないということもわかっていた。残された情報から複製するとしても、第一次調査隊に蒼井はいないのだ。

「どうやって君が、ここにいるんだ？」

それは実質的に、「どうやって蒼井を複製したのか？」を問う問いであったが、彼女を前にそんな訊《き》き方は吉野にはできなかった。

「あなたが大切にしているデータを元にした」

蒼井にしては不自然な口調だったが、吉野にはそれで何が起きたか理解できた。拠点で吉野は毎日のように蒼井のエージェントＡＩを再現していた。それは前例のない事件を前に自分の考えを蒼井に説明することで整理するためでもあった。

しかし、その様子は桜なのか砂猫なのかはわからないが、カザン人たちに観察されていたらしい。確かにもしも人類について調査したいと思ったら、吉野をマークするのは当然のことだろう。

「エージェントＡＩから学んだのか？」

「意味がわからない」

吉野は勢い込んで尋ねたものの、蒼井の返答はあっさりしたものだった。しかし、それは当然だろう。エージェントＡＩが何であるのかを理解できるほど自分たちの相互理解はできていない。

吉野はそこで蒼井に対して、幾つかの質問をしてみた。結婚時代の思い出のような話については蒼井はほぼ何も知らないのに対して、第二次調査隊が降下してからの出来事に関しては、多くの事実関係が一致し、吉野がエージェントＡＩと交わした話題については、口調までも蒼井のそれを正確に再現した。

　これでわかったことは、彼が恐れていたように、カザン人たちが調査隊のコンピュータに侵入して情報を引き出したわけではないことだった。カザン人たちは吉野と蒼井の会話をモニターし、言語理解を深めていたということだ。

「なぜ僕だけは君が現れたのだ？」

「カザン人は人類のことを知ろうとして拠点を観察した。しかし、拠点の人間を調べてもわからないことばかりだった。だからあなたを接触するチャンネルに絞った。あなたを標準とするため」

　蒼井の口調は先ほどと比較してずっと自然になった。この施設の他のスタッフとの会話の中で学んだことを共有しているのだろう。

　彼女の話す内容を吉野なりに解釈すると、カザン人たちは拠点の人間たちを観察し、人間に対する知識を深めた反面、各スタッフの振る舞いの違いが大きいために、標準的な人間というものが逆にわからなくなった。

　そこでそれまでの方針を改めて、吉野を人間の標準として考え、まず吉野とコンタクトを取れるようにするのを一つの目標とした。この解釈が完璧かどうかはわからないが、たぶん大きな間違いはないはずだ。

「改めて尋ねるが、第一次調査隊はどうなったのだ？　彼らは生きているのか？」

「第一次調査隊の意味がわからない。吉野は第二次調査隊だ」

蒼井はわからない問題については口調も変わるようだ。そして吉野たちが第二次調査隊であることは理解しているらしい。確かに自分たちはそう名乗っているから、カザン人から見てもそうした認識になるだろう。

ただ、どうやらカザン人にとっては第二次調査隊は「二回目の調査隊」という認識ではなく「第二次調査隊」という名前であるらしい。だから第二次調査隊という名前は知っているが、第一次調査隊という名前は知らないとなるのだろう。

どうも円滑な会話ができているようでいて、数の概念からして擦り合わせないと本当の意味での会話は成立しないようだ。何とも気の滅入《めい》る結論だが、現実は無視できない。

「ハリソンやサラのような外見をカザン人はどうやって知ったのだ？」

吉野は切り口を変えてみた。カザン人と第一次調査隊が何らかの形で接点を持っているのは間違いないからだ。

「ハリソンやサラの外見は知っている。なぜカザン人がそれを知っているかはわからない」

それは不可解な話であったが、ここまでのハリソンや蒼井の反応を考えるなら、第一次調査隊を知っている何者かと、いまのカザン人たちは別の存在なのか。

我々人間がいま必要としている情報を、カザン人たちはすべて掌握しているが、その情報を知識として咀嚼《そしやく》しきれていないだけなのではないか？　吉野は蒼井の様子を見ながら、そんな印象を持った。

吉野は自分専用の情報端末を持参していた。拠点や軌道上のパスカルへの通信に不可欠だからである。機械自体もそれほど大きくはない。対角線が一〇インチほどのタブレットだ。基本的にネットワークに接続して使うものだが、スタンドアロンでも活用できるだけの能力がある。エージェント機能があるので、使い方さえ意識しない。必要なら仮想現実を用意してもくれるし、立体映像でエージェントを表示もできる。

ここで吉野が思いついたのは、カザン人に再現された蒼井と本物の蒼井のエージェントAIを接触させることだった。

再現された蒼井は、吉野の生活の中でエージェントAIとの接触の様子を参考に作られた。ならば蒼井に蒼井AIを直接接触させ、学ばせるなら、カザン人との相互交流は著しく進むはず。彼はそう考えたが、同時に別のことも理解していた。それは死んだはずの妻の蒼井を復活させることにも等しいことでもあるのだった。

ある意味で悪趣味の極みでもあろうし、フランケンシュタインの怪物の再現だと言われても仕方がないとの自覚はある。

むろんカザン人との相互理解のため、このチャンスを見逃す手はない。それもまたわかっていた。結局、吉野は自分が何を躊躇《ためら》っているのか、あるいは何にこだわっているのか、それがわからないのだ。しかし、苦悩する吉野の姿を軽く首を傾《かし》げてみている蒼井に、彼は悟った。

蒼井の複製に蒼井のＡＩを接触させることが問題なのではない。方法論としてこれほど適切なものはないだろう。問題はそこではない。問題なのは、死んだ妻のほぼ完璧なエージェントＡＩを製作し、こんな惑星まで持ち込んだ自分の精神そのものにある。

それでも複製蒼井に蒼井ＡＩを接触させたことは、興味深い動きを生んだ。最初に反応したのは蒼井ＡＩの側《がわ》だった。

「私の完璧なロボットを作ったけど、ソフトウエアが対応していないってこと？」

「大枠ではその通りだ」

立体映像として立ちあがった蒼井ＡＩは、本物の蒼井ならそうしたであろう態度で複製蒼井を覗《のぞ》き込む。もっとも彼女の視覚はタブレット本体のカメラか、吉野の着衣の記録用カメラに限られている。なので吉野はタブレットを動かし、カメラの位置を複製蒼井の真正面になるようにした。

複製蒼井も立体映像の蒼井を興味深く見ているが、果たしてカザン人に立体映像がどのように見えているのかはわからない。

結局のところ、ここで二人の蒼井が対峙《たいじ》しているように見えているのは吉野だけで、二人の蒼井はそれぞれ「吉野にとって理解できる形で蒼井を再現している」に過ぎない。

「あなたは蒼井、私も蒼井」

蒼井ＡＩはそう複製蒼井に話しかける。そうやって蒼井ＡＩは、吉野がいる室内の描写をし始めた。複製蒼井はそれに対して時に復唱し、時に疑問を投げかけたが、両者は段々と早口になり、さらに吉野の聞き取れる範囲で会話が成立しなくなっていた。

複製蒼井は動かなくなり、蒼井ＡＩは沈黙し始める。ただ二人が静止しているわけではないのは、タブレットがかなりの負荷で働いていることで分かった。また複製蒼井も静止していたが、顔面は麻痺《まひ》したかのように震えて見えた。

吉野が視界の中にタブレットの状況を表示させると、タブレットはレーザー光線と赤外線カメラを用いて高速通信を行っていた。タブレットのタスクモニターによれば、蒼井ＡＩがレーザー光線で情報を送り、それを受信した複製蒼井が顔面の血流を変化させることで、顔面の赤外線放射のパターンを変化させて返答しているようだった。

どうやら蒼井ＡＩは最初からレーザー光線を複製蒼井に送っていたらしい。そうやって最初は音声のやり取りを繰り返しながら、音声とレーザー光線が対応することを複製蒼井に示していたのだ。

複製蒼井がそのことに気が付いてからの二人の声による交信は、レーザー光線と顔面の赤外線パターンを用いたプロトコル確立のプロセスだったのだ。つまり二人の間だけで人工言語を構築したようなものだ。

「吉野、聞こえてる？」

吉野の視界の中に仮想空間上のジュリアが現れる。

「あなたのエージェントプログラムが膨大な量のタスク処理をしている。現時点でシステムへの侵入は認められていないけど、状況は異常と言わざるを得ない」

「僕のエージェントAIがカザン人と人工言語を作って会話している……と思う」

「人工言語の会話かぁ……それだったら筋が通る。理解不能の情報を何かの基準でカテゴリー分けしてデータベースを構築しているのは確認できた。ただこれほどの速度で、これほどの情報量を処理する理由がわからなかったから」

そしてジュリアは何かを検索していたらしいが、小さく驚きの声を上げる。

「蒼井さんがどうしてそこにいるの？」

「話すと長くなるが、結論を言えば、僕がそれと知らずにカザン人に情報を与えていたらしい。彼らは僕をコンタクトの専用端末のように考えて、インターフェイスとして蒼井を複製したらしい」

吉野はあえて複製を強調する。それはジュリアに対するものというよりも、自分に言い聞かせるようなものだった。これは本物の蒼井ではないのだと。

吉野は二人の蒼井を前に何もできなかった。二人が独自に構築した言語空間に、自分が入り込む余地はないからだ。

「こんな事例は過去にあったのか？」

いまここで吉野が自分の言葉で話しかけられるのはジュリアだけだった。

「異なるAI同士に人工言語を構築させた実験は過去に何度か事例がある。でも、この方面はあまり進歩はないの。だって、異なるAIといっても高度なAIを〇《ゼロ》から作ることはできない。大なり小なり既存のシステムを利用して作ることになるから、どんなAIであれ人間の影響は払拭できないわけ。

そういう二種類のAIを繋《つな》いで共通言語を作らせようとしても、その言語の構造には人間のそれが影響している。

だからまったく異質な知性体と人類のAIが接触して人工言語を構築した例としては、いまここで起きている事態が史上初なのよ」

「でも、複製蒼井は人間の言葉を話していた。なら人間の言語の影響を受けているんじゃないのか？」

「いや違うの。カザン人の作った複製蒼井は、我々とはまったく異質なロジックで作られている。そのロジックの上に我々の言語を載せただけ。しかもほんの一部しかわかっていない。日常言語の影響は微々たるもの。

なにより、レーザー光線での通信内容は、速度も表現も人間のコードとまったく異なる。人間の言語の影響はほとんど無視できるはず」

「そうなのか」

二人の蒼井の相互交流はそれから三〇分ほど続いた。そして蒼井ＡＩは唐突に消えた。

「何が起きたんだ？」

吉野の質問にジュリアが信じられないという表情で答えた。

「あなたのエージェントＡＩの中で、蒼井に関するデータが消えた。宇宙船パスカルのシステムには残っていない」

「なんだと、やはりシステムに侵入されたのか？」

「そうじゃない。信じられない話だけど、蒼井ＡＩは複製蒼井との話し合いの結果、自分のコードをすべて複製蒼井に移動したの。つまりね、そこの複製蒼井は、肉体だけでなく、精神もほぼ蒼井になった。少なくとも、吉野、あなたには目の前の蒼井が本物か偽物か判断できないはず」

「蘇《よみがえ》った、って言えるかもね」

蒼井がいう。吉野が知っている蒼井のように。

6 遺跡

惑星カザンの調査が先遣隊により行われている中で、衛星ロスの遺跡の調査もまた進んでいた。衛星の基地に核兵器が使用された痕跡があることはやはり重要な問題であり、精力的な調査が続けられていた。

ただ惑星地表に出現したカザン人の都市の存在により、衛星ロスの遺跡調査に投入される人員は限られていた。現時点で衛星ロスの調査を担当するのは、エレナ・ビアンキ以下五〇人から六〇人の人間だった。それは決して十分な人数ではないが、それを言えば三六〇〇人の人数で一つの惑星文明を調査することそのものに無理があったと言えるだろう。

当初LUCと呼ばれた巨大施設は、惑星カザンの都市名に合わせる形でロンドンと呼ばれることとなった。調査拠点はロンドンの地下入口近くの平坦地にエアチューブ式の施設として設置された。

施設はかまぼこ状のエアチューブを展開し、その周囲に放射線を遮蔽《しやへい》するためにロボットで土嚢《どのう》を積み上げるという方法で建設された。このやり方は原始的だが、材料の現地調達が可能で、何より単純な構造故に信頼性は高かった。宇宙の調査では、この信頼性の高さは何より優先される点だ。

理想を言えば、ここにも降下カプセルを展開したかったが、そのための特殊材料に余裕がないため、エアチューブとなったのだ。

衛星ロスの調査全体において、このロンドン周辺の土砂を集め、土嚢とする作業には、作業の過程でその成分や文明の痕跡を発見する目的もあった。

周辺の土壌の分析は無駄ではなかった。その中から金属片やセラミック片などが確認できたからだ。どうもロンドン周辺は一時的に廃棄処分になった機械類の捨て場所になっていたようで、地球のネジやナットに相当する部品が幾つも回収された。ただ機械類の本体は回収されたのか姿はなく、残っていたのは小さな破片にとどまっていた。

「これがここまでの調査で明らかになったロンドンの構造図です」

その時、エレナは自分のスタッフだけでなく軌道上の調査船パスカルを結んで、各部門の調査結果を惑星カザンの拠点を含む関係者全員に報告していた。衛星ロスとパスカルではどうしても通信のタイムラグが生じるが、それはＡＩが自動で補正していた。

「ロンドンは地下施設であり、基本構造は衛星に直径一キロ、長さ一〇キロの逆円錐《えんすい》を刺したような構造となっています。直径一キロというのは、あくまでも概算値ですが、ロンドンを建設した原初カザン人が使用した長さの基本単位は、概《おおむ》ね人類の一メートルに相当します。

ただ重さの単位は違っていて、原初カザン人の質量の単位は、我々の六キログラムほどに相当します。この質量単位を一〇の二四乗すると惑星カザンの質量にほぼ相当するので、彼らの度量衡《どりようこう》は惑星を基準としていたと思われます」

ロンドンの立体図がそこで拡大される。エレナは上層の地下都市ではなく、下層の部分を拡大した。

「最大の発見は、この都市部の下の空間です。ここは何層かに分かれていますが、基本的に空洞です。この空洞の意味が最初はわかりませんでした。しかし、ロボットによる調査で、ロンドンの最深部、つまり円錐の最先端部の詳細が明らかになりました。

この最深部には深さ一〇〇メートルほど、体積にして二七〇〇立方メートルもの氷がありました。密閉構造なので、地下都市の温度調節機能が健在ならここには液体の水が蓄えられていたはずです」

エレナの説明に真っ先に疑問を呈したのはジュリアだった。

「衛星ロスの地表は乾燥し尽くしていたはず。二七〇〇立方メートルの水というけど、何十年も昇華し続けて残ったのが二七〇〇立方メートルの水なら、もともとどれだけの水が蓄えられていて、その大量の水はどこから調達されたの？」

「そう、それが最大の問題であり、カザン文明が消滅した謎を解く鍵だと私は考えています」

そして映像はロンドンの立体図から惑星カザンと衛星ロスの生成のアニメーションに変わる。

「地球の月はジャイアントインパクトによって誕生したと言われています。しかし、人類の植民星系の中であのような月を衛星としている惑星は観測されていない。衛星ロスはそうした中で唯一の月以外にジャイアントインパクトで誕生したと考えられている天体です。

惑星カザンの本格的な地質調査前で結論は出せませんが、ロスの地質調査結果はジャイアントインパクト説とは矛盾《むじゅん》しません。

地球の月でも地殻の深部調査で、地表部分とは異なり、その内部にかつて考えられていた以上の水もしくは水化物が存在していたことが確認されています。まぁ、これはよく考えれば当然のことで、月の材料が地球から得られている以上、大量の水がその内部に存在することは不思議でもなんでもない。

衛星ロスも同様で、地表こそ乾燥しているものの、その大深度地下は地球の月以上に水や水化物が豊富な環境にあります。もちろんこれは地質学的な程度問題であって、井戸を掘れば水が湧いてくるというような話ではありません。

つまりロンドンの地下で確認された大量の水は、衛星ロスの地殻を構成する水化物などから回収されたと考えられる。ではどうやって？」

画像は衛星ロスで確認されたカザン文明による遺跡の配置に切り替わる。それらは赤い線ですべてロンドンと繋《つな》がっていた。つまりロンドンからそれらの遺跡に向かって、放射状に赤い線が伸びているのだ。

「カザン人のコンピュータなどについては調査もほとんど進んでおりませんが、都市部には壁面に図が残されており、それらから我々は情報を得ています。

この赤い線は最近存在が確認された地下のパイプです。核攻撃された基地からこのパイプを通って、ロンドンには水が供給されていた。この給水網は、ロンドンの遺跡に残された地図から発見できました。

ただし、これらの地下給水網は、地上からの工作により爆発物を用いて破壊されています。爆発痕と思われるクレーターが確認できましたから。クレーターはすべてロンドンから見て等距離にあり、おそらく給水網を破壊したのはロンドンです」

「衛星ロス最大の地下都市が、自らの生命を支える給水網を破壊したというの？　何のために？」

「ジュリアの疑問は当然です。我々も最初は核攻撃された基地が、ロンドンを屈服させるために水路を破壊し、ロンドンはその報復で核攻撃をおこなったのかとさえ考えました。しかし、給水網の破壊工作は車両の轍《わだち》などからみてロンドンから行われています。

この理由を考える上で重要と思われるのは、核攻撃で破壊された基地は、ナノマシンを活用してロスの地殻から水を確保し、この衛星を生物の居住可能な天体に改造するという一大プロジェクトを実現するための施設だったらしいということです。それぞれの基地が小規模ながら都市と呼べる構造をそなえていたこともわかりました」

「カザン人は衛星ロスのテラフォーミングに着手していた、と？」

「我々がイメージするようなものではなかった可能性は高いです。オープンエアでは空気の漏出や隕石《いんせき》、宇宙線の問題があるため、彼らは巨大な地下都市網を作り、それらの問題を解決しようとしていたと思われます。彼らのコンピュータの稼働が成功すれば詳細はわかると思います。現状は残されているポスターの類《たぐい》からしか推測できません。

それらの資料から推測すると、カザン人たちは地殻から水を抽出するナノマシンを完成させたのちに、それを地下都市建設のために活用しようとした。地殻を粉砕し、砂を移動させ地下空間を構築する。

それだけでなく、柱や壁面を構築し、そうした地下空間を安定させるようなことができるようにナノマシンを改良、進化させた。我々がロンドンと核攻撃された廃墟《はいきょ》を調べたところ、ロンドンの地下施設は工具による切削跡などがあり、通常の土木工事で作られたと推測できます。

一方、核攻撃された施設、特に建設がもっとも新しい都市は、掘削痕が見当たらず、言うなれば酸で溶かしたのかと思うほどの平滑さを伴っています。そしてこうした壁面サンプルからは、数個ですが、故障したらしいナノマシンが認められました。

遺跡を見る限り、カザン人は地下施設を建設できる程度のナノマシンまでは成功させた」

映像は再び切り替わる。それぞれロンドンの内部、核攻撃された都市の内部と思われた。核攻撃された都市にはグリニッジとハーローと表記されていた。

「ロンドンは人類とは工法が異なりますが、鉄筋コンクリート工法のような手法で建設されています。その後拡張されているわけですが、衛星ロスに最初に建設されたのはロンドンです。

グリニッジは土木ナノマシンで建設された拠点で、幾何学的な空胞を柱材や壁材の内部に作りあげ、剛性と靭性《じんせい》を両立させています。かなり巧みな設計なのですが、巨大構造物の建設には限度があります。

このハーローが最も新しい施設です。この施設は石質の部材の中に、鉄の構造が織り込まれ、鉄筋コンクリート構造のように地下空間を支えます。そして周辺の土地に衝突した隕石の密度から推測して、最初に大規模な核攻撃がなされたのが、このハーローです。そして我我はここでもナノマシンの残骸を発見しました」

画面に問題のナノマシンの姿が拡大される。その横には地殻から水を集めるナノマシンの姿も併記されていた。どの部分が何をするのか機構までは不明だが、ハーローで回収されたナノマシンの方が精密で高性能なのは予想できた。

「このナノマシンはもちろん稼働しませんが、機能については推測がつきます。ハーローの状況からすると、掘削した石材を再構築するだけでなく、金属成分を抽出し、それを再構築する能力までを兼ね備えていると思われる。

そして原初カザン人たちはこのナノマシンに更なる能力を求め、さらなる改良を試みた。

問題はその改良されたナノマシンの能力がどの程度のものか、そして原初カザン人たちはどのようにしてナノマシンを改良したか？　その点にあります。

壁に残された模式図などから推測すると、彼らはナノマシンを設計するのではなく、変異を起こすような機構を内蔵させ、地下都市建設を行えるように変異させるための淘汰《とうた》圧もしくは選択圧をかける計画を持っていた。具体的な手段まではわかりません。

ここからは私の憶測です。原初カザン人たちが進化論的な方法により、その能力を向上させようとしたナノマシンは、彼らが予想もしなかった方向に変異してしまった。岩盤を掘削できるナノマシンですから、それは急激に増殖して都市部を破壊し始めた。

原初カザン人たちもその暴走を止めようと手を尽くしたのは想像に難くありません。ですがことごとく失敗したか、あるいはナノマシンを止めようとしたことそのものが、ナノマシンのさらなる変異を招いた可能性もあり得ます。

こうして最終手段としてハーローに対する核攻撃が行われた。改良ナノマシンがロンドンではなく、その周辺都市で使われたことや、ロンドンが核兵器を準備していた時点で、カザン人たちもナノマシンが制御不能になる可能性をある程度は考えていたのかもしれません。

しかし、それは手遅れだった。

暴走したナノマシンはグリニッジや他の拠点に伝染して行った。どのように伝染したのかは不明です。ただ給水網を破壊している点を見ると、ロンドンのカザン人は給水網を感染ルートとして疑っていたのでしょう。

しかし、暴走はおさまらず、ロンドンは自分たち以外の拠点をすべて核攻撃した。そしてロンドンの人々は、ロンドンを放棄し、惑星カザンに帰還した。だがおそらく彼らはナノマシンを惑星に持ち帰り、惑星全体がナノマシンの暴走に蹂躙《じゅうりん》された。それがカザン文明崩壊で起きたことではないでしょうか？

ただ、残念ながら、この仮説を検証するだけの証拠はありません。コンピュータの解読だけが頼りです」

エレナの説明に、すでに惑星に降りている吉野《よしの》から質問があった。

「カザン文明が崩壊した理由が、いまのエレナの仮説で説明できるとして、どうして我々はそのナノマシンに分解されていないのか？」

それはエレナ自身の疑問でもあり、それについての仮説も彼女は用意していた。

「我々が核攻撃されたグリニッジから回収したナノマシンの残骸は多数ありますが、ナノマシンの種類は一種類だけです。カザン人にとっては道具の一つに過ぎませんからこの点は理解できます。

しかし、カザン地表の降下拠点周辺で見つかったナノマシンは一種類ではなく、複数存在します。興味深いことに、拠点周辺のナノマシンの中には、ハーローで回収されたナノマシンよりも構造が単純なものも見られます。

ただ、それでもそれらのナノマシンの基本的な構造の枠組みは、最も単純な構造のものでさえ同一です。

これも仮説の域は出ませんが、惑星カザンの文明も陸上生態系も、ハーロー型ナノマシンにより崩壊した。それでもナノマシンの暴走は止まらず、惑星カザンの全大陸を食い尽くして停止した。

大陸を覆い尽くすほどの数のナノマシンが増殖したということは、突然変異種が多数発生したことを意味するでしょう。もともとカザン人たちは、そうやってナノマシンを進化させようとしていましたから。

その状況で大陸全体をナノマシンが席巻《せっけん》したとすれば、ナノマシンは資源不足という現実に直面する。自分たちが増殖に使える資源は自分以外のナノマシンだけです。ここでハーロー型一種類だったナノマシンは、惑星を占領後に生存競争のために進化を繰り返し、多様性が生じるに至った」

エレナがここまで説明した時、彼女が一番言及したくない仮説を吉野が口にした。

「たとえばこういうことだろうか。一つのシナリオとして聞いてほしいが、惑星カザンのナノマシン群は激しい生存競争に晒《さら》されていた。しかし、ナノマシンが変異を繰り返し、多様性を確保する中で、均衡状態を維持するに至った」

「それは我々の限定的なシミュレーションでも確認されています。まぁ、自然界でも多様性に富んだ生態系は均衡を維持する傾向が認められます」

「ありがとう、エレナ。

ナノマシンが均衡状態にある中で、第一次調査隊がＧＣＨ３２星系に到達した。この時、惑星には都市は存在しなかったはずだ。彼らの前に展開しているのは、惑星規模で地表が泥で覆われている惑星カザンの姿だ。

第一次調査隊の先遣隊はその惑星にシャトルで着陸し、ナノマシンを付着させたか、あるいはサンプルとしてまとまった量を持って宇宙船ベアルンに戻った。

だがナノマシンは宇宙船内で急激に増殖し、ベアルンは惑星への緊急着陸を余儀なくされた。

宇宙船は残念ながらナノマシン群により乗員ごと解体された。このシナリオではナノマシンを宇宙船に持ち帰るだけの時間的余裕がある。着陸と同時に先遣隊がナノマシンに解体されたなら、シャトルの帰還は許されなかったはずだ。

つまり先遣隊の着陸までは惑星表面でのナノマシンの均衡は維持されていた。それが何かをきっかけに崩れた。ナノマシン群はふたたび闘争段階に陥り、ベアルン着陸が均衡の破壊を決定的なものとしてしまった。

第一次調査隊を解体したナノマシンの集団は、あるいは他の集団と生存競争に晒されただろう。ただ第一次調査隊の情報、少なくともその一部は継承されたと考えてよいと思う」

吉野のシナリオにジュリアが質問する。

「ナノマシン群の均衡を宇宙船ベアルンが崩したという流れは理解できる。だけど、ナノマシンが複数の集団に分かれて角逐《かくちく》しているという根拠は？」

「惑星カザンの表面には、明らかに地球の植物がモザイク状に繁茂《はんも》していた。またそうした植物が認められる地域の近くには規模の違いはあれ、都市が認められ、人間を模した市民が活動している。

これはナノマシン群の中で、第一次調査隊を解体して得られた情報を部分的にでも活用していることを示している集団があると同時に、そうした集団に属さない別の集団が存在することを示していると解釈できる。

もしもそうした異なる集団が存在しないなら、惑星の表面は完全な砂漠か、全域が桜や松に覆われているかのいずれかだったはずだ。

この考えが正しいなら、最近の惑星レベルでの変異は、我々が惑星カザンのナノマシン群の生存競争あるいは闘争に再び火をつけてしまった。そういうことかも知れない。もちろんこれとて仮説の域をでないが、状況は説明できると思う」

吉野の発言は、その会議の参加者つまり調査隊のメンバーをざわつかせた。

「ナノマシン群が持っている情報から、第一次調査隊のメンバーを全員蘇《よみがえ》らせることは可能だと思いますか？」

それは高木《たかぎ》の質問だった。どうやらエレナではなく吉野に対する質問だったらしい。吉野はそう理解して、自らのスタッフに応じる。

「わからない。ハリソンやサラのように肉体的に人間と同じ存在を構築することがナノマシン群には可能なのは確かだ。しかし、人格の再現は不可能だろう。それが可能なら、我々はコンタクトにここまで苦労はしないはずだ。

一方で、ハリソンやサラの存在を考えるなら、ナノマシン群が先遣隊に限らず、宇宙船ベアルンの乗員全員を複製することは可能だと思う」

「調査隊長に伺いたい」

高木は吉野ではなく調査隊長に尋ねた。

「我々の目的は第一次調査隊の遭難理由の探索と可能な限りの生存者の救出にあったと理解しています。だとすれば我々の任務は達成されたと判断できると思いますが、いかがですか？」

そのいささか不躾《ぶしつけ》な高木の質問にもアンナは冷静に応じた。

「現時点では調査隊長としては調査終了との判断はできません。ナノマシンの暴走は、現段階では仮説に過ぎません。事実と調査隊が判断するには物証が足りな過ぎます。

それにたとえば当初あった、カザン人が地下で文明を維持している可能性など、検証すべき仮説も残っている。

我々は何かを結論できるほどの調査をまだできていない。ニューヨークの調査さえまだ始まったばかりです」

そしてアンナは冷静な口調で、こう命じた。

「第一次調査隊の遭難理由の有力な仮説としてナノマシンの暴走が提案されている現状を鑑《かんが》みて、調査船パスカルから拠点への増援は一時中断し、拠点からの帰還も同様に認めません。再開する条件は、ナノマシンが付着していないことを確認できる手法が確立されることです。

衛星ロスの調査チームに関しては、ナノマシンの活動が見られないことを確認する前提で、すべての機材を現地に放棄し、身一つで帰還することとします。

これは現時点での知見に基づき、行われる安全処置です。新事実もしくは、安全処置の手順が確定し次第、基準は変更されます」

「基本的に我々は未知の微生物に感染した疑いがあるとして扱われるわけですね」

吉野はアンナの命令をそう解釈した。

「そうです、微生物感染の安全基準を流用します。ただ、対処法はより厳格になります」

「熱湯やアルコールでナノマシンは壊せそうにはありませんからね」

ここで質問をしてきたのは、監査員の加藤《かとう》だった。

「カザンのナノマシンテクノロジーは人類にとって価値がある存在と思うがどうだろうか?」

「文明を変えうるテクノロジーなのは確かです。この技術は価値をつけられないほどのものでしょう。

ただし、その技術の重要性に鑑みて、これは知財権を認めずに、全人類にオープンにされるべき技術となるでしょう。そちらの法務の方と検討していただいても構いませんが、この技術に関しては第二次調査隊の出資者の特権は認められません」

加藤は部下の法務官と何か話していた。

「隊長に伺いたいのですが、カザン人は人間として扱えるでしょうか？　つまり彼らには土地の所有権があるかということです。

彼らに人格を認め、人として扱うとしても、土地の所有権が彼らにあるかどうかは断定できないでしょう。ナノマシン群により作られたものならば。

そうであるならば、我々がこの所有者のいない惑星に、ナノマシンの研究施設を建設することは認められるのでは？」

さすがにアンナ隊長もこんな質問は予想外だったのだろう。しかし、彼女も伊達《だて》に隊長職には就いていない。

「我々が交渉しているカザン人がいかなる出自の存在か、それは彼らへの対応には関係しません。惑星調査の関連法規をＡＩで調べればわかると思いますが、現時点での知性の持ち主は人間と同等の存在として扱うのが原則です。

それに法的に、ハリソンが自分たちの土地の所有権を主張した場合には、我々はそれに従わねばなりません。研究所を作るなら、ハリソンたちとの交渉が必要になります」

「難しい問題ですな」

加藤はそれで質問を切り上げた。しかし、諦めていないのも明らかだった。

衛星ロスのナノマシンについての報告を吉野は自分だけでなく、蒼井《あおい》とともに聞いていた。そのことはエレナやアンナ隊長には事前に了解をとっている。目的は一連のナノマシンに関する情報を蒼井に提供することで、彼女の反応を見る点にあった。

吉野は蒼井との生活の中で、慎重にカザン文明や第一次調査隊の情報を得ようとしていた。蒼井は問題が核心近くになるといつも何も知らないという。しかし、それでは矛盾することも多い。

たとえばこのカザン人と調査隊の居住する集合住宅には食堂があるが、その料理はハリソンのスタッフが用意していた。最初の頃は、拠点で吉野らが食べていたような食事が提供された。

それは拠点での生活を観察していれば可能なことで、吉野も意図して外で可能な限りスタッフの生活を見せていたから、提供された料理の再現性の高さ以外には、特に驚くところはない。

問題は、提供される食事のメニューが増えたことだ。しかも、それらは恒星間宇宙船で提供されるような食事ばかりであり、拠点では使用していなかったものも多かった。

つまりカザン人たちは、解体した調査船ベアルンの料理関係の情報を持っていることになる。だが蒼井はこうしたことは知らないという。そしてそれは嘘とは思えなかった。

この矛盾を説明するとしたら、カザン人たちは情報を大量に確保しているものの、その情報が何であるのかを認識できていないからではないか？　吉野はそう考えていた。

だから料理のレパートリーが急に増えたのは、彼らが抱《かか》えている情報群の中で、料理の情報群を料理であると認識できたために、具体化できたのではないか？　それが吉野の仮説であり、それを確認するために蒼井にエレナの分析を見せたのだ。

「君はどう思う？」

吉野は蒼井に尋ねる。蒼井は昔と同じような不思議そうな表情を向けた。

「どう思うって？」

「アンナの命じた移動制限だよ」

吉野はエレナのナノマシン仮説よりも、まずより具体的なアンナ隊長の移動制限命令について蒼井に尋ねた。まず具象的な話から、蒼井の認識を確認しようと思ったからだ。

「移動制限はすでに必要性を失っています。ナノマシン群は暴走する段階を終えましたから」

蒼井は吉野の知っている妻のような口調でそう答えた。

「暴走段階を終えたと言うのは？」

「エレナ仮説で述べられていたハーローモデルはすでに存在しません」

「それは生存競争の中で淘汰されたのか？」

「わかりません、ただ存在していないだけです」

こうした会話を繰り返す中でわかったのは、一つは蒼井の変質だった。蒼井ＡＩは吉野とコミュニケーションが成立するくらいだから、時間や時制についての表現は通用した。だが複製蒼井と合体した蒼井ＡＩは、時間や時制の表現が通じる場合と通じない場合があった。そこには何らかの基準があると思われたが、吉野にはそこはまだわからない。

状況から推測するに、複製蒼井の中に、蒼井ＡＩが再構築され、再構築する過程の中でオリジナルの蒼井ＡＩは解体されていった。そして肉体としての複製蒼井の中に蒼井ＡＩと複製蒼井を動かしていたナノマシン群の頭脳のようなものが同居している。それが目の前の蒼井の状況だろう。

どちらかが一方的に蒼井の中で優位にあるのではなく、状況によってどちらが有利になるかが切り替えられている。だから時間や時制についての表現が通じたり、通じなかったりするのではないか。この共棲《きようせい》関係がこの先どうなるか、吉野にはそれが不安だった。目の前の蒼井が消滅したら、彼は完全に妻を失うことになってしまうからだ。

「カザン人、つまりハリソンやサラは意識を持っているのだろうか？」

「もちろん持っているわよ、私のように」

吉野は心臓を摑《つか》まれるような気がした。蒼井ＡＩが意識を持っているのかは、専門家の間でも意見が分かれる問題だった。ＡＩが高性能になればなるほど、この問題は逆に紛糾した。これは単純な哲学論争ではなく、ＡＩの社会実装の中で、ＡＩに法的な人格や人権を与えるべきかという実務的な課題とも関わる議論だった。このため現在はＡＩの等級に応じて、限定された社会人格が与えられていた。

しかし、それはあくまでも法的なＡＩの扱いの話だ。吉野自身はＡＩにも意識はあるとは思っていたが、その意識は人間とは異なる種類のものだろう。

だがその一方で蒼井ＡＩだけは吉野の中で、人間と同じような意識を持つ存在であった。理屈ではどうであれ、吉野の主観ではたとえＡＩであっても蒼井は人と同じ存在だったのだ。吉野自身はこの問題をあえて突き詰めてはこなかった。結局のところそれは自分の気持ちの問題であるからだ。

だが、複製蒼井に蒼井ＡＩの『意識』が宿った状況で、吉野は文化人類学者として、蒼井には意識が存在するのかどうかという現実を直視することを迫られたのだ。

「君たちは……」

吉野がそう言いかけた時、蒼井はかつて妻がしたように、人差し指を立てる。

「君たちって、私は一人よ」

そうなのだ。蒼井はＡＩと一体化した特別な存在なのだ。ナノマシン群と同じものとしては扱えない。

「ハリソンやサラは、どのようなきっかけで第二次調査隊の存在を知ったのかな？」

「ハリソンやサラは第二次調査隊の接近を知って再現されたの。だから知っている状態で再現された」

「ナノマシン群の段階で知っていたのか？　どうやって？」

蒼井は少し考え込む。

「ええとね、ナノマシン群は惑星の地表を覆っている。だからいつもと違った電波が照射されたらわかるの。地表全体がアンテナのようなものだから。電波源が接近してきたことで、宇宙船かなって予想はできたわけ」

吉野は思い出していた。パーソナルエージェントだった蒼井も可能性の一つとしてナノマシン群がレーダー波を受信して第二次調査隊の存在を知った場合を指摘していた。あの仮説は正しかったのだ。吉野は話題を変えた。

「ハリソンやサラは何を目的として、我々と接触しているのか？」

ナノマシン群の意図を知るための質問だった。蒼井は少し黙り込む。まるで何者かと頭の中で会話を交わしているかのように。

「ハリソンやサラは、他の者も、惑星カザンの復活を目指しています。荒廃した惑星を豊かな惑星にするのが最終的な目標です」

「惑星カザンの復活……ナノマシン群は文明が荒廃する前の惑星カザンの姿を記憶しているというのか？」

「あなたのいうナノマシン群は、惑星カザンの過去の姿を記録してはいません。惑星カザンを破壊したナノマシンとあなたのいうナノマシン群はすでに別物です。進化の結果として、全く別物になったのです。

惑星カザンを占領していたナノマシンは進化の過程で入れ替わり、これにより破壊に伴う惑星の記録は失われてしまいました」

それはエレナの仮説と合致する内容ではあった。しかし、蒼井は彼女の仮説を知っている。だから単にそれを繰り返しているだけという可能性もある。だが吉野はその可能性は低いと思っていた。

ナノマシン群が惑星カザン文明の崩壊や第一次調査隊の消息について、第二次調査隊に何かを隠そうとしているというのは、まさに人間の発想だろう。彼らにそれだけの人間との思考の類似性があったなら、次々と理解し難《がた》い現実に直面する必要はなかったはずだ。

ただ、そうであったとしても蒼井の話を全面的に事実として受け止めるには躊躇《ためら》いがあった。何かを隠しているというより、何かを明らかにする必要性を意識していないことが、人類とカザン人の間にやはり壁として残っているのだ。

「我々が惑星カザンに到達した時、惑星表面は砂のようなナノマシンで覆われ、桜や柳のような植物が限られた領域に点在していた。あれもナノマシン群による惑星の復活なのか？」

「そうです。自分たちの惑星を自分たちが滅ぼしたことは、ナノマシン群に認知されるようになりました。

ですが、滅びる前の惑星カザンの姿はすでに失われていました。ナノマシン群が持っていた情報は、断片的な地球の姿だけでした。ですからナノマシン群はそこから惑星の復活に着手したのです」

「その断片的な地球の知識を、ナノマシン群はどうやって手に入れたのか？」

「まだわかりません」

再現された蒼井がどこまで完璧に本物の蒼井を復元しているのかは吉野にはわからない。ただこの時の蒼井の表情は、吉野が知る彼女が嘘をついている時の表情ではなかった。一番近いのは、多すぎる思いを言葉にできない時の苛立《いらだ》ちの表情だった。

ナノマシン群が多すぎる情報を整理しきれないでいる。それは十分にあり得ることだ。だから蒼井は「まだ」と言ったのか？

それが事実なのか、自分の願望の投影に過ぎないのか、吉野は結論することができなかった。

カザン人と人間の共同生活は、少なくともカザン人側には人間への理解を深めることに寄与していたらしい。カザン人の背後にナノマシン群があり、それらがカザン人が学んだ人類の情報を処理して、カザン人にフィードバックしているのは間違いなかった。

ただ具体的にナノマシン群の情報処理がどれほどの規模で行われているのかはわからない。一つ明らかなのは地表を覆うすべてのナノマシンがカザン人の制御に関わっているわけではなさそうだということで、何種類か確認されているナノマシンの中で、この関連が示唆される集団は限られているらしい。

それに第二次調査隊の調査によれば、地下深くにも未知のナノマシン集団が存在する可能性が指摘されていたが、役割分担ははっきりしていない。ナノマシン群の情報伝達を惑星規模で支えているという説が有力だったが、まだ確認できてはいなかった。

吉野たちがニューヨークで生活する中で、カザン人たちそのものも変化しているらしかった。そんなことが起こるとは予想もしていなかったので、カザン人たちの非破壊検査（という呼称には医療スタッフから反発の声も出た）はハリソンらの協力で、細々と行われてきたに過ぎなかったのだが。

検査にはデリケートな問題がつきまとった。調査隊にとって確かにカザン人は調査対象ではあるが、だからと言って実験動物のように勝手に身体を検査するようなことは許されない。相手がいかなる知性体であろうとも、人間で言うところの人権は尊重する必要があった。

初回の非破壊検査の結果によれば、カザン人たちは外見こそ人間に酷似しており、筋肉や骨格、あるいは脳神経系も人間と同じながら、内臓はかなり違っていた。まるで脳や筋肉が本物そっくりに動くなら、内臓はそのためのエネルギーの生産だけやっていればいい、とでも考えられているようだった。

第二次調査隊はカザン人はある種のロボットではないかと予想していたので、この点はそこまで驚くことはなかった。

だから吉野たちはカザン人たちも自分たち同様に食事をすることに驚いていた。カザン人たちも食卓を共にしていたからだ。この時点では人類の文化を学ぶためと吉野らは分析していた。

それでもハリソンらの了解を得て、カザン人の排泄物《はいせつぶつ》を入手し、分析したが、当然のことながら腸内細菌はもちろん、剥離《はくり》した腸管組織も含まれず、あくまでも食物残渣《ざんさ》だけだった。

ところが共同生活を始めて一週間もすると、排泄物の中に剥離した腸管組織も認められるようになった。そして最近では、腸内細菌さえ観測されている。腸内細菌の出所は、同じ部屋で共同生活をしている地球人のものらしかった。

ここで再度、カザン人の非破壊検査を行ったところ、驚くべきことに彼らの内臓は明らかに変わっていた。骨格や筋肉組織、脳神経系だけでなく、消化器官や内分泌系なども人間のそれとほとんど同じであった。

さすがに細胞は人間の細胞ではなく、ナノマシンの一種をベースとして改造した構造に細胞の役割を再現させているようだった。

興味深いのはその細胞が、惑星カザンの森林限界付近に生息する小動物の細胞と酷似していたことだ。どうやら原初カザン人たちは動物の細胞をベースに初期のナノマシンを開発していたために、地球の生物を再現するにあたって、先祖返り的にそうした細胞を活用したらしい。

こうした変化と呼応するように、惑星カザンの生態系も変化し始めた。それまでは砂漠の中に孤島のように無秩序に樹木が繁茂していた。

ところがそうした無秩序な森林は一度消滅し、代わりに直径五〇キロほどの円形領域の森林が現れた。

それらの調査は人手が足りないので、ロボットやドローンにより遠隔で行われたが、植物叢《そう》が急激に多様化し、さらに昆虫までもが姿を見せるようになった。ただ惑星全体で一〇〇近く出現したそうした森林は、何かの実験なのか、森林ごとに植物や昆虫の組み合わせが違っていた。

ただ一つ共通するのは、そこでの動植物が細胞から作られていたことで、形状を真似ただけのものではなく、蠅《はえ》のような昆虫では生殖行為も確認された。

それらは翅《はね》の数が二枚ではなく四枚であるなど、地球の蠅とは明らかに異なる動物だった。

そして山岳地帯で確認された昆虫に相当する惑星土着生物と、多くの点で一致していた。

だが、問題の森林で観測された昆虫については、ナノマシン群が作り出したのではなく、土着の昆虫が移動してきた可能性も否定できないため、結論を出すには至っていない。

こうした事実について吉野は蒼井に質《ただ》してみたが、彼女は「どの生態系がいいのかの実験です」としか回答しなかった。隠しているわけではなく、ナノマシン群の意図を人間が理解できる形に言語化するのが、ＡＩと一体化した蒼井の能力でも困難であるかららしい。

それでも「どの生態系がいいのかの実験」が何を意味していたのかは、やがて軌道上のパスカルからも確認できるようになった。

一〇〇近い森林は二週間ほどの間にほとんどが壊滅的な打撃を受けていた。地球でも蝗害《こうがい》のように昆虫の異常発生で短時間に生態系が激変するようなことはある。

しかし、これらの森林で起きていたのはそうしたものとは違っていた。森林の中だけ、時間が急速に進んでいるかのように変化が起きていたのである。これが蒼井のいう実験の意味なのだろう。

こうしてほとんどの森林に特定の昆虫が異常発生し、植物が食い尽くされたり、枯れたりした。それでも五つほど壊滅しなかった森林が残る。

そうすると失敗した森林は消滅し、隣接する地域に新たな森林が現れた。それは基本的に成功した五つの森林のコピーであったが、植物や昆虫その他の小動物の比率や種類を変えているようだった。

どうやらナノマシン群は多様な動植物の存在が生態系の安定につながることを学んだのか、第二波の森林では失敗が減っていた。失敗しそうな森林では動植物の数の追加などが行われているようだった。

この一連の実験について、蒼井からの有益な情報はほぼなかった。ほとんどの場合、質問に対する返答は「まだ、よくわかりません」だった。

存続している一〇〇近い森林の一部は直径を拡大しつつあり、一部では森林同士が接触し、融合する動きを示していた。一方で、衛星ロスで研究と調査を続けていたエレナであったが、彼女のスタッフの大半はこの生態系の変化の調査を担当していた。その中で彼らは森林で起きた予想外の出来事を発見していた。

それはエレナにより、毎日の幹部クラスの定例ミーティングで報告された。

「第五八号観測地で人型ロボットが発見したものです」

エレナのいう第五八号観測地は隣接する二つの森林が接触の後に直径一〇〇キロの円形の森林に拡大したものだ。惑星カザンに誕生した森林の中で最大のものだった。

「トカゲのように見えますが、トカゲではありません。地球にこのような生物は存在しませんし、突然変異とも違います。非破壊検査ですが、骨格の構造も体節の数も地球生物に該当なしです。しかし、森林限界付近で採取した昆虫のような生物とは類似性が多く見られます。

ですが、そうした小動物でも、それらの変異でもない。別種の生物です。

現時点では小動物1とこの生物を呼んでいます。ある程度生物サンプルが集まった段階で、合理的な分類と命名の体系を作る予定で、これはあくまでも仮称です。

この小動物1は蠅を食べたところが観察されています。細胞は現生カザン生物とほぼ同じですから、消化吸収に問題はないのでしょう。

しかし、ここで最も重要なのは、ナノマシンの砂漠の中で完全に孤立したあの森林に、小動物1が外部から侵入することはあり得ません。なら砂漠で冬眠でもしていたか？　それも考えられない。ならばナノマシン群が小動物1を作り上げた、いや再生したという結論が正しいでしょう」

これに対してジュリアが疑問点を指摘した。

「ナノマシン群の実験場とされる森林では、蠅に該当するものをはじめとしていくつか昆虫が確認されているけど、なぜこのトカゲのようなものに小動物1と命名したの？」

「それは確認された昆虫に類似したものが、森林限界付近に現存していたためです。そうしたものが気流に乗って森林で数を増やした可能性は否定できません。言い換えれば、コンタミの可能性が排除できなかった。

しかし、小動物1に関しては、コンタミの可能性は否定できます。森林限界付近で発見されておらず、風で飛ばされてくるような大きさではありませんから。

それでも小動物1が森林で活動している事実が意味するのは、ナノマシン群は自分たちが滅ぼした生態系に関する情報を保持しているということです。その自覚はないとしても。特に小動物に関してはその可能性が高いと考えられます」

「なぜ、小動物に関してなの？」

アンナ隊長はそこを確認する。

「惑星カザン本来の生態系がわかっているわけではありませんが、動物の大きさと個体数の関係はべき分布に従うという法則は、他の惑星の生態系を見ても成り立つと考えられます。

そうだとすれば、惑星全体で小動物1のような動物は、カザン人のような比較的大きな動物よりもずっと数が多い。生態系を解体した時の情報は体系化されては記録されていないとしても、断片は残っていても不思議はないですが、小動物ほど個体数に比例して情報の断片が残っている可能性が高く、同時に小さな動物を再現するために必要な情報の総量は少ない。ですから小動物ほど再現される確率は高いわけです。

先ほど蠅の指摘がありましたが、おそらくこれもナノマシン群により再現されたものでしょう。ただ蠅のような昆虫は現存しており、外部からの混入の可能性は否定できませんでした。小動物1によって、混入の可能性は排除できたわけです。

小動物1の場合、同じ体節が繰り返され、数珠つなぎになっている構造です。この構造が再現する上で、必要な情報量を圧縮できたのだと思います。

考えてみると、最初に惑星で観察された生物は、限られた種類の植物だけでした。あるいはナノマシン群は自分たちの持っているデータの断片では植物の再現が困難なので、まず地球の植物で代用し、その上で小動物を再現し、安定した生態系構築に向かっているのかもしれません」

それに対して吉野は疑問を述べた。

「いまの話からはナノマシン群に生態系復活の意思が存在するように聞こえるのだが、そう解釈して良いのか？　そうであるならば意思決定をする主体はなんなのだろうか？」

その疑問は吉野がすでに蒼井に問うたものだった。蒼井は「ナノマシン群には生態系復活の意思がある」と答えたが、ナノマシン群の意思決定のメカニズムについてはわからないという。

それはある意味仕方がない。人間だって脳のどこの部位で意思決定をしているのかと言われて、ここだと指し示せる人間はいないだろう。この件についてはアンナ隊長にも報告し、全体の共有知となっている。

それでも吉野が今、あらためてエレナに同じことを問い直したのは、ナノマシン群で埋め尽くされた地表のどこかに中枢部があるのではないかと考えたためだ。

「意思決定を行うメカニズムが偏在していることは予想できます。惑星表面の熱変動から、情報処理が頻繁に行われている領域とそうではない領域が認められています。ただ役割分担があるだろうとは予想できるものの、中枢部という認識が妥当なのかについては疑問です。そもそも我々が現れてから今日まで、惑星表面の状態は変異しています。意思決定のメカニズムもまた生存競争により変異を繰り返している可能性が否定できません。たとえば意思決定にかかわるナノマシン群Aがあったとして、競争相手のナノマシン群BがAを捕食し、Aが処理していたデータも吸収し、継続して意思決定を続けることも理屈の上ではあり得るでしょう」

報告は一応それで終わり、この問題について別途調査が行われることとなり、調査のため第三次の増援部隊を送ることも決まった。人数は一〇〇人規模といままでよりも多い。

これは直接探査を行うには、現在の陣容では圧倒的にマンパワーが足りないためだ。しかし可能性はかなり低くなったものの、ナノマシンによる宇宙船汚染の可能性は依然存在し、そのリスクも斟酌《しんしゃく》して一〇〇人という陣容に落ち着いたのだ。リスクとは宇宙船に帰還できない可能性である。

第三次の増援に関してはいままでとは違うアプローチが取られることとなった。それは蒼井とハリソンの両方に対して、増援を送ることを事前に通告し、先方に降下地点の場所の指定を尋ねてみるというものだった。

吉野は自室で蒼井と夕食を摂《と》っていた。夕食もまたカザン人とその背後にいるナノマシン群に人類文化を理解してもらうための重要なイベントであった。

その効果はあったのか、ナノマシン群が用意する夕食も、第一次調査隊から入手した膨大なデータから、着実に料理関係のデータだけを切り出し、再現できるようになっていた。

それでも再現に難易度はあるようで、飲み物はほぼ完璧であったが、ステーキやサラダのように素材の原型が残るものはまだ再現できていなかった。

再現性が高いのはパンやパスタなどの麺類だった。この時も二人は具の少ないマルガリータのようなピザとコーンスープという比較的質素なメニューを前にしていた。ナノマシン群の食文化理解は、まだ前菜とか主菜の区別がつくほどには進んでいなかった。

蒼井との落ち着いた雰囲気の中で、吉野は増援チームの話題を切り出し、それについての意見を彼女に求めた。

「増援チームの一〇〇人の方は歓迎されると思います」

蒼井はそうつげた。

「どこに降下すればよいだろう?」

「わかりません」

「わからない?」

吉野は蒼井からわからないと言われるとは思わなかった。

「蒼井がそうしたことを決める役割ではないから。私は会話をするだけです」

「誰に降下地点について相談すればいいのだろう?」

吉野は質問の方向性を変えてみた。

「ハリソンに相談するのがいいでしょう」

そこだけは蒼井にも確信があるようだった。このことはすぐに調査隊全体に情報共有された。ハリソンとの交渉を行うということは、何よりカザン人と自分たちの間で「交渉が可能となる」だけ相互理解が進んだことを意味した。

だから交渉が成功しなかったとしても、何が問題なのかを分析することで、相互理解を前進させるために必要な情報を得られることが期待された。

だがこの問題は予想外の方向に向かってしまった。


「高木は落ち着いているか？」

拠点の警備担当責任者のアレックス・カレフは吉野の視界の中に病室の様子を映す。そこには鎮静剤で眠っている高木の姿があった。

「吉野班長、ハリソンはどんな具合ですか？」

「怪我《けが》の方は大したことはない。かすり傷程度だ。しかし、ハリソンはというか、ナノマシン群は混乱している。どういう判断なのか、彼らは我々との交流を中断すると通告してきた。先のことはわからないが、明日には我々はニューヨークを引き払うことになる」

「明日、ニューヨークを引き払う！　高木の行動は確かに重大ですが、我々全員にニューヨークから退去せよというのは大袈裟《おおげさ》では。

高木はどうなるのです、身柄を引き渡せなどと言ってるんですか？」

「それはない。ここを引き払うのは高木も同じだ。意外に聞こえるかもしれないが、ハリソンは今回のことを高木個人の問題とは思っていないようだ」

「というと？」

「わかるか、カレフ。我々には高木がハリソンを殴ったように見える。だが冷静に考えてくれ。カザン人にとっては初めて遭遇する暴力だったんだ。高木がハリソンを殴るまで、ナノマシン群は暴力という存在を知らないどころか、その概念すら持っていなかったんだよ」

それは増員の降下地点について、ハリソンらと協議する一時間ほど前のことだ。食堂にいたハリソンとサラに対して、高木が突然、殴りかかったのだ。ハリソンもサラもなにが起きているか理解できないようで、殴られているハリソンは身を守ろうともせず、サラも傍観しているだけだった。

幸い、周囲の調査隊員たちがすぐに取り押さえて大事には至らなかったが、ハリソンとサラは集合住宅を離れた。そこからカレフに連絡がいき、高木が拘束された後、吉野に報告が行ったのだ。

第一報を受けた吉野はすぐに外に出て、ハリソンを探した。幸いすぐ近くの公園にハリソンとサラはいた。吉野は謝罪したが、ハリソンにはその意味が理解できないようだった。ただ彼はいう。

「状況を整理するために、調査隊の方々は一度拠点に戻っていただきたい。明日朝には引き払ってください」

そういうとハリソンとサラは近くにある別のビルに入って行った。

「高木がハリソンを殴ったのが、彼らにとって初めて目にする暴力だと。でも第一次調査隊を全滅させたのは彼らでしょう」

「そうじゃないんだカレフ。確かに第一次調査隊はナノマシン群により全滅させられたかもしれない。しかし、それは暴力とはいえないだろう。少なくともナノマシン群には暴力の認識というより、その時点では意識そのものもなかった。

彼らが意識を持つようになった時点で、ナノマシン群には暴力という概念も何もなかった。暴力は高木が初めて彼らに教えた概念だ」

「だとすれば、何が起こるんですか？」

カレフは不安そうだった。カザン人が暴力を知らなかったこともあって、先遣隊には武器らしい武器はない。シャトルを打ち上げられるレーザー光線砲はあるが、兵器としては使いにくいし、そもそもそれを使用すれば大量殺戮《さつりく》は避けられない。そして他に武器と呼べるのは若干の銃器だけだ。

だがそんな武器を整備しても、惑星表面がナノマシンのこの環境では、彼らが解体したいと思えば拠点はあっという間に解体されてしまうだろう。そこまで事態が悪化するかどうかはわからないが、第一次調査隊はそれで壊滅したのだ。

もっとも先遣隊に武装らしい武装がないのは、巡洋艦オリオンの戦闘モジュールが存在するからでもある。戦闘モジュールには軌道上から地上を攻撃する能力がある。

地上をピンポイントで攻撃するレーザー光線砲もあれば、広域を破壊できるミサイルもある。

ただ安易に使用すべき装備でもなく、いままでは戦闘モジュールを展開する必要性もなかったため巡洋艦オリオンと一体化したままだ。だが今回の事件によりナノマシン群の反応次第では、戦闘モジュールが出動する展開も考えねばならないだろう。

「それについてはまったくわからん。蒼井に訊《き》いてもみたがわからないとしか返ってこない。まぁ、少し状況が落ち着けば、もっと情報を得られるとは思うが」

我々の暴力という概念は広範囲だから、最悪、拠点全体の壊滅のようなことを考えてしまう。しかし、ナノマシン群が高木の暴力をどう解釈するかは未知数だ。暴力ではなく、理解不能の行動と解釈された可能性が高いと思う。

一方で、第一次調査隊の情報をナノマシン群がどれだけ掌握しているかという問題もある。人類の歴史を解釈し、我々が持つ暴力の概念を彼らが理解したら、人類を危険な存在と認識し、対抗処置として暴力行使も選択肢として含まれるかもしれない。まぁ、その可能性は低いとは思うが。

ところでだ、まだ訊いてなかったが、高木はどうしてハリソンを殴ったんだ？」

実のところ吉野は高木が暴力を振るった理由に、そこまでの関心を持っていなかった。殴った理由よりも、殴った結果起こることの方が重要だったためだ。カレフが動機について触れなかったのも、同じ状況認識によるのだろう。

「ソヨンがいないのは何故《なぜ》だ、目撃者の話では、彼はそう叫んでいたということです」

それからカレフはやや言いにくそうに、こう付け加える。

「吉野には蒼井がいるというのに、と」

「なるほど」

高木は婚約者だったソヨンにずっと執着していた。婚約者なのだから当然といえば当然だが、それにしても何か尋常ではない予感があった。

その予感を裏付けるかのように、アンナ隊長から吉野個人に相談がある旨の信号があった。その信号はカレフにも通知されていたようで、彼は一礼して吉野の部屋を出る。

「何でしょう、隊長？」

「これはどう解釈していいのか迷ったのだけど、あなたの耳にはとりあえず入れておく。加藤は知ってるわね？」

「はい、あのカザン文明の遺構を資産化しようとしているコンサルですね。それが?」

「どこまで本気かわからないけど、今回の傷害事件を裁く、裁判を開くべきと提案している。船内の問題については船長二人と私による裁判を開くことは法的には可能。高木が被告で、原告がハリソンになる」

「すみません。意味がわかりません。高木が被告まではいいとして、ハリソンを原告などにできますか?　無理でしょう。ナノマシン群の意思決定の主体も不明なのに」

「加藤の目的はそこじゃないの。

裁判の原告として認められるなら、ハリソンは自分たちとの合法的な契約相手として認められる。あとは自分たちに有利な条件で貿易ルールにサインさせる。そういう意図があるようよ」

吉野は世界史における植民地主義の話を思い出す。合法的な貿易ルールと言っているが、加藤の考え方は植民地主義そのものだ。

「隊長として、加藤にはそのような裁判は認められないと返答した。ハリソンを原告にはできないってことを、ちゃんと理由もつけて。

でも、あの様子だと諦めてはいないでしょう」

「彼には我々の目的がわかっているんですか?」

「加藤にわかっているのは、自分の任務だけ。一〇年以上も地球を留守にするからには、相応の土産がないと帰れないということでしょう。まぁ、このことが調査活動に影響を与えるとは思えないけど、あなたとは情報共有しておく。不意打ちは喰らいたくないからね、お互いに」

7　戦争

ハリソンからの要望に従い、ニューヨークでカザン人と共同生活を送っていた第二次調査隊のメンバーは拠点に戻ることとなった。

ただこの時、蒼井《あおい》だけはニューヨークに残ることなく、拠点に戻る吉野《よしの》に同行することとなった。一つには蒼井は純粋なカザン人ではなく、人類の作り上げたＡＩとの融合体であったことがあり、ナノマシン群との意思疎通を行うことは、彼女の支援なしでは不可能だったためだ。

拠点への撤収が一段落した日、吉野は高木《たかぎ》との面談の場を設けた。その場には拠点警備の責任者であるカレフと、必要に応じたハリソンとの連絡係として蒼井が同席する。

「これは尋問ですか？」

高木は一礼して部屋に入ると、そう尋ねる。吉野がかけるように促すと席についた。吉野の正面で、吉野の右手側にカレフと蒼井がいる。

「現段階では尋問ではない。ここでの会話は我々四人だけのもので、拠点内および軌道上のメンバーにも公開されていない。ただし記録は残る。隊長をはじめとする特別委員会が特に公開を求めた場合を除いては非公開だ」

「我々四人ですか……」

吉井の右手に座っている蒼井へ、高木が視線を向ける。その意味するところは明白だった。蒼井を人間に含めるのかと問うているのだ。

正直、吉野自身も四人と言った時に抵抗を感じなかったといえば嘘になる。だがやはり彼は蒼井を物としては扱えなかった。蒼井を人と呼ぶことに抵抗があるのは、彼女がどのようにして再現され、いまここにいるのかを知っているからだ。その過程を忘れたならば、吉野にとってやはり蒼井は人だった。

意外にも高木はその点にはそれ以上触れようとしなかった。

「一つ指摘しておきたいことがある。

君がハリソンに暴力を振るったことは、単なる個人的な問題にはとどまらない。わかっていると思うが、カザン人あるいはナノマシン群はこれまで暴力という概念を持っていなかった。ナノマシンレベルでは激しい生存競争があったと予想されているが、それと暴力は異なる。

人体が外部からの病原菌に対して免疫機構を働かせるのを、暴力とは言わないようなものだ。だが君はハリソンを殴り、彼とその背後にいるナノマシン群に暴力という概念を提示してしまった。

発端が人間同士の喧嘩《けんか》であっても、これは大きな問題だろうが、今回の被害者はハリソンだ。つまり君はナノマシン群を暴力の被害者としてしまった。

君の暴力がナノマシン群にどのように解釈されるかはわからない。ニューヨークからの引き揚げ要請から察するに、彼らもどう対処すればよいのかわからないのだろう。それとて楽観的な憶測にすぎないが。

ナノマシン群は何もわからぬままに第一次調査隊を解体したかもしれない。しかし、いまのナノマシン群は知性を持っている。彼らが暴力を理解した時、我々に対してどのような行動をとるのか、まったく予測がつかない。それが現状だ」

吉野も高木にここまで話す必要があるのかと、思わないでもない。しかし、彼は当事者であると同時に、身柄を押さえられた現時点においてもなお副班長の地位にある。ならば知らないというのは問題だろう。

驚いたことに高木は、吉野の説明に明らかに動揺していた。ハリソンを殴るという行為がどういう意味を持つのか、まったく考えていなかったらしい。彼は頭を抱《かか》え出した。

「それで高木副班長、ハリソンを殴った理由は？」

カレフが尋ねた。

「説明する必要がありますか？」

「ありますよ。副班長がハリソンを殴った理由によっては、彼らの反応も変わってくるかもしれないじゃないですか」

高木は伏し目がちに語りだす。

「自分はドローンのデータを駆使して、ニューヨークにソヨンがいないかどうかを探しました。もちろんいまここにいるとしたら、それはナノマシン群による複製でしょう。彼女は生きて戻らない。

だけど再生はできる。そこの蒼井のように。ソヨンが第一次調査隊で出発する時、彼女はエージェントＡＩに学習させた自分自身の複製データを僕に託した。再会した時、すぐに次のステップを共に歩めるようにと」

「私が亡き妻のエージェントＡＩを再現したようなものか」

高木は頷《うなず》く。

「惑星カザンに来た時、僕は宇宙船が遭難しても生存者は惑星で生きていると信じていました。選《え》りすぐりのスタッフが全滅するはずがないと。じっさい惑星には都市があった」

「だから、強引に惑星降下に真っ先に志願したのか」

そこまでは吉野もだいたいの予想はついていた。

「調査が進むにつれて、第一次調査隊が本当に全滅してしまったのだと理解した時、僕は絶望しました。それでもハリソンたちの反応が人間に似てくる中で、あの中にソヨンがいるなら、彼女が戻ってくるかもしれないと、漠然とした希望を持ってました。

決定的なのは、あなたの蒼井の存在です。蒼井はハリソンたちのような再現された人間なのに、ハリソンなどよりもずっと本物の人間に似ている。だからソヨンがあの街にいたならば、彼女に僕の持っているAIデータを相互作用させ、僕の知っているソヨンを復活させることができたはずなんです。

しかし、ソヨンはいなかった。そもそも七五〇人の第一次調査隊の中で、ナノマシン群により再生された人間が一〇〇人に満たないことを考えれば不思議ではないとも言える。だけど調査隊の幹部クラスは全員、再生されている。ハリソンやサラのように同じ人間が数人存在することさえある。ソヨンの直属部下さえ再生されているんです。なのにソヨンが再生されていないのは、やはり納得がいきません。

だから僕は、ハリソンに理由を質《ただ》した。しかし、奴《やつ》はわからないを繰り返すばかりだった。だから僕は……」

「ソヨンは一人ではなく、体内にもう一人、別の人間がいました。ナノマシン群は、他に類似のデータが存在しないことから、それをデータの誤差と判断し、再生する人間のリストから外したのです」

蒼井が突然、そう高木に向かって話した。

「体内にもう一人の別の人間がいた……」

高木はその場で泣き崩れる。しかし、吉野には状況が飲み込めない。

「誰か他のメンバーのデータと重複が起きたというのか？　再生されたのが一〇〇人以下と

いうのは、他のメンバーは再現不能なほどデータに欠損でもあったのか？」

「いえ、乗員のデータはソヨン以外は完全に揃《そろ》っています。再現した数が一〇〇人以下なのは、数の問題ではなく、再現する手間の問題です。身長や体重、体格などが似ている方が再現しやすいのです」

蒼井はそう説明するが、吉野には納得できない。

「そうだとするとなおさらソヨンだけデータの重複があるというのはおかしいじゃないか。データの重複があるなら、再生できない人物は最低でも二名はいないと計算が合わない」

困惑する吉野に向かって、高木が吠《ほ》える。

「そんなことじゃない！　ソヨンは妊娠していたんだ！」

「なんだと！」

吉野は思わず立ち上がった。

「そんな馬鹿なことがあるわけないいじゃないか。低代謝カプセルが必要な長期航行を行うものは、事前の検査により、妊娠していないことを確認しているはずだ。それは君も知ってるだろう」

「遠距離航行の任務に、受胎した状態で参加する人間など基本的にいない。だから妊娠検査も簡易的なものです。それでいままで問題は起きなかった。

だけど、受胎から検査までの時間があまりにも短ければ、簡易検査では妊娠は分かりません。そのまま乗船することができるんです。ソヨンはそれを望んでいた。妊娠中でも低代謝カプセルによる恒星間航行が可能だと証明することを。新しい惑星で、新しい命が育まれることに彼女は意味を見出していた」

最初は高木の話を突飛なものと思った吉野だったが、思い当たることはあった。恒星間植民に関する議論の中で提起された、植民地社会の年齢構成に関する意見の一つだ。

たとえば惑星カザンの第一次調査隊も第二次調査隊も、最年長となるのはベテランの吉野らのグループで、年齢の幅はそこまで広くはない。これは調査から植民に至るメンバーの年齢構成全般に言えることで、技術の進歩で寿命が大幅に伸びているとはいえ、原則としてそこには子供も老人もいない。

だから植民惑星の初期段階では、社会の年齢構成も非常に狭く同質的だった。社会学者や文化人類学者の中には、そうした初期段階の人間社会の年齢構成を老人や子供を含めた幅広いものにすべきだという意見を持つものも比較的大きな勢力を持っていた。

とはいえ妊婦を低代謝カプセルにより長期間の恒星間航行に向かわせることは原則として禁止されていた。理論的には安全とされている一方、恒星間航行中の宇宙線などが胎児にどのように影響するかが予測できないからだ。だが、ソヨンは自身を実験台にそれを行ったらしい。

低代謝カプセルは中の人間の基礎代謝量や必要栄養量などをモニターしながら可能な限り

最適な状態を維持しようとする。だから理屈の上では妊娠している女性でも問題はないとされていたが、片道七年の航行で実行するというのはあまりにも投機的すぎる気がした。

「実験の結果がどうであれ、惑星カザンから第一次調査隊の人間全員をすぐに送り返すことはできない。否応《いやおう》なく、調査隊は赤ん坊とともに生活を作り上げることになる。

イ・ソヨンのプロファイリングでは、確かに初期入植者の人口構成は多様であるべきという意見の持ち主とは記されている。ただ君のプロファイリングは、この点については曖昧だ。しかし、種痘《しゅとう》を我が子に施したジェンナーじゃあるまいし、自分と胎児を実験台にすることのリスクは無視できまい。それが公開され、万全の準備の上で行われるならまだしも、ソヨンの行為は密航に近い。

何よりも、どうして君は止めなかったのだ？　いや、なぜ協力した？」

吉野がソヨンを責める発言をしたためか、高木は頭を上げる。

「プロファイルを見ていただければおわかりと思いますが、ソヨンは医師の資格も持っている。調査隊の医療班長が職務執行不能となった場合には、彼女が医療班長の職務執行を行うことが認められていたほどです。彼女は医療から文化人類学へと専門を移した才媛《さいえん》なんです。だから低代謝カプセルの身体へのリスクや宇宙線や船内放射線の影響も十分に考慮していた。その上で、彼女は実行した。決して素人の思いつきなんかではないんです」

「だから協力したのか？」

「凍結受精卵の準備には協力しました。僕らが再会するのは何年も先になる。だから若いまの状態で凍結受精卵を残す。僕らのような任務についている人間では、必ずしも珍しくはない。

彼女はその受精卵を使い、着床させた状態で低代謝カプセルに入った。調査船ベアルンがワープした時、彼女からの謝罪のメッセージが届きました。すべて自分の判断で行ったことで、僕には責任がないと」

なぜその時点で報告しなかったのか？　吉野はそこは問わなかった。意味がないからだ。ワープした宇宙船に後から追いつくのはほぼ不可能だ。ベアルンが寄港する時間を狙って宇宙船を乗り換えながら休みなくワープを繰り返すという強引な手段も考えられるが、それとて成功の可能性は高くない。

仮にそれが可能として、膨大な手間と費用がかかるその手段を実行したならば、研究者としてのイ・ソヨンのキャリアはそこで終わってしまうだろう。そのようなことを高木が選択するとは思えない。

「どうやら、ソヨンは受胎したままでも低代謝カプセルでの長期間航行は可能であることを証明したようだな。少なくとも彼女が衛星ロスで調査活動の指揮をとったことは、我々に分析の手がかりを残した。

彼女の妊娠を周囲が知っていたのかどうか、それをどのように受け止めたのか、それはいまとなってはわからん。

ただナノマシン群は彼女の妊娠ゆえに、彼女だけは再生しようとしなかった。それが何を意味するかが理解できなかったからだ。

だが君はそうした事情を知らず、ハリソンらの悪意と解釈し、暴力を振るってしまった。結果として我々はニューヨークを退去する事態となった」

「僕はどうすれば……」

彼は本当に事態を理解しているのだろうか？　吉野は高木の様子を見て、そう思った。彼の後悔は調査チームがニューヨークから退去することになったことに対してであり、暴力の行使にはさほど罪悪感を感じていないと思えたからだ。

いずれにせよ事態はもはや、高木の罪の意識を問題にする次元にはない。

「現在の状況から判断して、いましばらくは君を調査船パスカルに戻すわけにはいかない。最終的な処分は特別委員会により決定されるが、私の権限でいまできるのはリー・高木、君を副班長の役職から解任することだ。調査チームの一員として研究を続けるのはいいが、副班長解任により研究は君一人で可能な範囲となる。あとは自室で謹慎だ。

特別委員会はこれから招集されるが、結果はどうあれ君の基本的人権を奪う権限は我々にはない。君を死刑にするようなこともなければ、原則としてハリソンらに引き渡すこともない。ただ君の活動範囲は一定の制限下に置かれるし、今後の状況次第では極端な場合、期限を定めずに低代謝カプセルに収容することもあり得る」

「何年も眠らせるなんて、それは死刑にも等しいじゃないですか」

「最悪の場合の話だ。わかっているのか、暴力を知らなかったナノマシン群が、暴力の概念を持った結果何が起こるかわからない。それで多数の人命が奪われるかもしれないんだ！　我々との問題解決を話し合いではなく暴力の行使という形で表現するかもしれない、あるいはカザン人同士の殺戮《さつりく》もあるかもしれないんだ」

「カザン人は死なんでしょう。奴らは生きてはいないのだから。まぁ、わかりました、謹慎します」

高木は蒼井を一瞥《いちべつ》する。

「あなたには蒼井がいる。とうに死んだ人間が今ここにいるのに、どうしてこの星で生きていた人間がいないんでしょうか」

そう言って高木は吉野の部屋を出て行った。

「ハリソンは調査隊の皆さんにニューヨークに戻って欲しいと言っています。また保留となっていた増援の降下地点については、現在の拠点の敷地内を指定してきました」

蒼井が吉野にそうつげたのは、ニューヨークを引き払ってから七日後の朝食の時だった。

高木の一件は拠点内でも物議を醸していた。最悪の場合、高木を低代謝カプセルで眠らせるという話が一人歩きし始めたのだ。

じっさいには特別委員会は、状況を静観している段階だった。カザン人側がこの問題をどう解釈しているかわからない状況では、高木に謹慎以上の命令はできないというのが委員会の結論だった。しかし、なぜか「高木を長期冒眠らせる」という噂《うわさ》だけが拡散していたのだ。

これには吉野がナノマシン群のロボットである蒼井に操られているという、根も葉も無い噂もセットになっていた。

とはいえプロの研究者が中心のコミュニティであり、ほとんどのものはそのような噂を信じなかった。ただ特別委員会をはじめとする調査隊幹部による意思決定が気に入らないメンバーも調査隊の中にはいた。そうした意思決定は恣《し》意的なものではなく、ＡＩの支援を受けながら法的根拠を持った対応が行われていたのだが。

だが研究者全員がそうした実務に精通しているわけではない。雑事はエージェントＡＩに処理させてばかりいる結果、事務方や管理職の業務について知識がほとんどないメンバーもいた。

また第二次調査隊が精鋭の集まりであるのは間違い無いのだが、メンバーの中には長年精鋭として活動してきたにもかかわらず、第二次調査隊内では、平凡なメンバーの一人として扱われるという現実と折り合いをつけられないものもいた。

そうした潜在的な不満が、高木の処分問題をきっかけに吹き出しつつあった。彼らは高木の暴力問題よりも、自分が特別扱いされていないことへの不満のはけ口として高木を担《かつ》ぎ上げようとしていたのであった。

　こうした中で、不満を抱えるメンバーが組織化されているという報告があった。警備主任のマルク・ベルナールによると、加藤《かとう》監査員やその法務スタッフが、調査隊幹部に不満を抱《いだ》くメンバーと頻繁に連絡をとり、ときには非公開で『カザン文明の遺構と資産価値の法務』と称する講座も開かれているという。

　調査隊が監査員の職務内容に容喙《ようかい》することは禁じられているため、講座内容は不明だが、「カザン文明を現地で調査するより、目ぼしい資料をすべて地球に持ち帰り、地球の研究機関に売却する方が研究も進み利益も出る」という内容らしかった。

　ベルナールによると、こうした活動の影響か、あからさまな反抗こそ起きていないものの、サボタージュとしか思えないような事例が増えているという。

　こうした講座は拠点からも受講可能なこともあり、影響は拠点でも密《ひそ》かに広がっていた。

　こうした事態の矢面に立っていたのは警備担当のカレフであり、吉野であり、蒼井であった。この状況でカレフはハリソンもしくはナノマシン群の意見を待つことなく、拠点内での暴力沙汰を防ぐためにも早急に増援を降下させるべきと主張していた。

　蒼井経由で届いたハリソンのメッセージは、そうしたカレフの意見にも沿ったものだった。

　ただハリソンの要望を受け入れるにあたっては、引き揚げた三〇人がニューヨークに戻ればいいという単純な話にはならなかった。

この問題は吉野だけの判断ではなく、調査隊全員による全体集会で決めることとなった。当事者拠点での不満分子の存在を考慮し、密室での決定だという批判を封じるためだった。当事者である高木は参加させないこととなった。彼の言い分を聞くならハリソンも参加させねば公正では無いとの判断からだ。高木に弁明が必要ならその機会は別に設けることとされた。

全体会議には蒼井はタッチさせないことも決められた。蒼井とは何者なのかという問題はあえて議論されず、単純に調査隊のメンバーでないために参加資格がないというのが理由である。

それでも会議は比較的平穏に進むかと思われた。結局のところ問題はリスクマネジメントであり、ハリソン側から蒼井を介して調査隊が求められているならば、今回の暴力事件による影響は小さいだろう。それが多数派の意見であった。

しかし、科学班長のジュリアの発表で、新たな問題が浮かび上がった。

「惑星カザンの大陸全体で、砂漠地帯が緑地帯に変化しつつあります。成功した生態系パターンの拡大です。これはこれで理解可能な動きです。

大陸全体がニューヨークを中心とした南北の線で二分され、ニューヨークを緩衝地帯とするように東西で異なる生態系の領域が生まれています。それだけならいいのですが……」

ニューヨークは惑星最大の大陸部における中緯度地方の中央部に存在しているため、東西それぞれの領域が占める面積はほぼ等しい。二つの領域は、森林を中心としている点では同じであるものの、植生の違いから衛星写真でも見分けられた。

点在する色の異なる領域は都市部のようで、東西両側において増殖し続けている。

ただ都市部の分布には明らかな偏りがあり、ニューヨークと近い領域で特に多かった。

「これまで生態系は時間に比例するようにして、線形に拡大してきました。それが高木の事件が起きてから非線形に拡大し始めた。これだけでは単に同時に起きたというだけで、因果関係を論じることはできないでしょう。

それでもニューヨークの周辺に都市部が増えていることは、高木の事件とは無関係としても、ニューヨークが人類と接点を持つという特殊性を考えるなら、人類との接触が影響していると推測できます。

問題はここからです」

映像は地下鉄駅の案内図を連想させるものに変わった。上下八層に巨大なトンネル網が描かれている。

「ニューヨーク近傍に巨大な地下空間が存在することが知られていましたが、ここまでの調査でかなり詳細な構造が明らかになってきました。いま見ていただいている図がそれです。

あくまでも地中レーダーのデータからの推測となりますが、惑星カザンには少なくとも大陸規模の地下鉄網が存在していました。ただその地下鉄網は長年放置された結果、崩壊し、土砂に埋もれています。

ここに示したあの地下空間だけが辛うじて崩壊を免れていた。おそらくここは地下鉄駅周辺にできた地下都市だったと思われます。

この地下都市には地上と地下を結ぶ交通路の痕跡がない。状況から察するに、ナノマシンの暴走が起きたとき、カザン人の一部がここに避難し、難を逃れようとした。完璧なまでの地下鉄網の破壊は、あるいは意図的なものだったかもしれません。ただこれらはあくまでも憶測の域を出ません。一つ明らかなのは、この施設がまったく機能していないという事実です。

注目すべきはナノマシン群がこの地下都市に向かって掘削を続けていることです。ナノマシン群はこの地下施設については知らなかったのでしょう。それが我々との交流の中で知ることとなり、地下一〇〇メートルに向かって掘削を始めた」

「一つ質問することを許していただきたい」

そうジュリアの話に割り込んできたのは監査員の加藤だった。

「ナノマシン群は地下都市まで掘削して何をするのだろうか?」

「ナノマシン群の意図については、私にもわかりかねます。しかし、ナノマシン群の目的が惑星カザンの再興であるとすれば、地下都市を解体し、その情報から、文明崩壊前の惑星カザンの姿を知ろうとするのは、それほど的外れな推論ではないと考えます」

「アンナ隊長に伺いたいが、調査隊はナノマシン群のこうした行動を止めることはできないのか？」

「加藤監査員、残念ながらそれは無理です。物理的にも無理ですし、そもそも私たちにはナノマシン群に掘削をやめろと命じる権限がありません」

「調査隊としてはアプローチはしないわけだね」

「そうなります」

「わかった、ありがとう。ならば小職は小職の仕事をさせていただく」

加藤は会議から姿を消した。加藤を追うように他のスタッフも会議から消える。

ジュリアは再び気を取り直して説明を再開し、映像はドローンが低空から撮影した周辺都市のものに変わる。どちらにもカザン人がいて、それらはやはり第一次調査隊のメンバーを複製したものだが、生産力が向上したのか、人間の種類は元の一〇〇種類程度から五〇〇種類以上に増えている。細かく探せばソヨン以外のすべての第一次調査隊のメンバーが再生されているものと思われた。

しかしジュリアが何を危惧しているのかは、映像を見ている調査隊員たちにはすぐにわかった。

東側と西側で服装が違うのだ。東側が全体に黒を基調とした数種類の着衣を身につけ、西側は赤を基調とした着衣を纏《まと》っていた。着衣の種類はどちらも多くなく、色が違うだけでデ

だ。当然だったのであったものだが、第一次調査隊のメンバーの保有していたものであった。ただ当然だ

が制服と私服の区別はそこにはなかった。

「先入観だと言われればそれまでですが、これらの町の住人たちは全体主義的な生活をしているように見えます。それ以前の都市の住人たちの生活パターンとはまるで違います」

映像は切り替わっていく。その中には男女が軍隊のように整列し、行進をしている光景もあった。それは西側でも東側でも認められた。手本とする情報が共通であるためか、行進の様子はどちら側も全く同じに見えた。

「データを遡《さかのぼ》ると高木の暴力行使から二四時間以内にこうした動きが始まっています。最初は一人二人という規模でしたが、線形ではなく乗数的に人数は拡大し、この二四時間で都市全体がこうした動きに影響されています。

起きている事象とタイミングを考えるなら、これは高木の暴力行使が招いた結果です」

次の映像に隊員たちからざわめきが起こった。行進しているカザン人たちが棒のようなものを持っているのだ。

「これが銃に類する兵器なのか、単なる棍棒《こんぼう》に過ぎないのかは不明です。画像分析では棍棒の確率が高いですが、問題はこれは武器にしか使い道がないという事実です。

高木の暴力行為から、ナノマシン群がいかなるロジックで全体主義的社会の構築という結

論に行き着いたのかはわかりません。もともと全体主義的に行動するのが彼らにとっては自然な動きだった可能性もあります。

彼らはハリソンに振るわれた暴力の意味を第一次調査隊のデータの中から探し出し、そこから理解しようとしたはずです。その結果がカザン人社会の全体主義化と考えられます。そして全体主義的な集団を二大陣営に分けて、人口を増やし、国境線に武装した人間を重点的に配置する。

カザン人がハリソンへの暴力から、どのような推論を経てこうした動きにつながったかはわかりませんが、現状から判断して予測できるのは、こうした表現が許されるなら、内戦あるいは戦争です」

ジュリアの報告に、しばらく沈黙が続いた。人ひとりを殴っただけで、カザン人たちは戦争を行おうとしているのか？　それでも吉野は疑問があった。

「先ほどの衛星写真で東西両陣営が対峙《たいじ》していることはわかった。だがニューヨークだけが我々が引き揚げた時と変わっていないように見えるのはどういうことだろう？」

「吉野班長の指摘通り、ニューヨークだけは全体主義化が起きていません。暴力が行使されたのはニューヨークであるのにです」

「もしも東西両陣営の対立構造があるというなら、ニューヨークは緩衝地帯、もしくは中立都市のような役割を担っているように見えますね」

　エレナの意見は吉野にも納得できるものだった。ただし、カザン人たちが緩衝地帯や中立都市のようなものを設定するのかという疑問があった。そもそも高木が暴力を振るったというだけのことで、カザン人自身が二大陣営にわかれて全面戦争を起こしつつあるというのは、あまりにも飛躍しているように思える。さらに緩衝地帯まで用意するというのは、それだけ人間を理解したということなのだろうか？

「科学班長として、東西両陣営が戦端を開いたとして、どういう戦争が起こると思われますか？」

　アンナ隊長の問いに対して、ジュリアは一つのモデルを提示した。カザン人を表したらしい赤い点と黒い点が道路上を移動し、やがて平野部で接触しては消えていく。

「現時点で彼らは車両や鉄道を持たず、武器も棍棒のようなものしかない。ですから戦場まで徒歩で移動し、互いに数が一線を越えたら接触して殴り合いになり、戦闘は終わります。ただ彼らの社会がその戦闘の結果をどう解釈するかによって、この戦争が終わるかどうかは変わります。あくまでもこのモデルが正しいとした場合ですが」

「これを戦争と呼んでいいものなの？」

「我々の理解する戦争とは違います。その点では戦争という命名も不正確でしょうが、それに変わる的確な呼び方がない。

　人類の歴史の中では国という機構がまず現れ、その機構の維持のために戦争が起きてきました。機構不在の戦争は存在しない。

だがカザン人たちの戦争は違います。彼らは衛星解析を見る限り、戦争そのものが目的で、それを実行するために二大陣営を作り上げ、戦争の準備をしているようです。だから一回の戦闘で戦争が終わるかもしれませんが、戦争のために作り出した機構が、やはり自身の維持のために戦争を続ける可能性もあります。要するに、カザン人たちはどこまで人類の経験を学んだのか、それがすべてを左右する。

あるいはニューヨークの存在は、戦争を終わらせるための別の機構なのかもしれません。ただここまでの解釈にも、私が人間であることに起因するある種の偏見が含まれている可能性はあります」

「それで科学班長の意見として、ニューヨークに戻ることをどう思います？」

ジュリアはアンナに対して自身の見解を述べた。

「ニューヨークに戻るべきではないと考えます。理由は、隊員たちの安全とは別の次元の話になります。

それは我々にカザン人の戦争に介入する権利があるのか、そもそも介入すべきなのかという問題です。この戦争が高木の暴力により生じたとしたら、戦争の根源的な責任は人類にあるといえます。しかし、だからといって、彼らの社会に介入して良いことにはならない。何よりも我々はカザン人やナノマシン群についてあまりにも知らなすぎる。資格以前に介入する能力がないと考えるべきでしょう」

「吉野の意見は？」

「ハリソンへの確認も必要ですが、ジュリア科学班長の意見に賛成します。ニューヨークに戻るのは、少なくとも事態が落ち着いた後にすべきでしょう。

東西両陣営に戦争の機運があり、ニューヨークが中立的な立場に見える。その状況で、ハリソンは我々に戻るように促した。つまり地球人には戦争終結のための仲介者的な役割が期待されている可能性がある。ニューヨークが中立都市の役割を帯びるとして、それは我々の存在を前提としてのことかもしれない。

この予測が間違いであり、戦争とは何の関係もないとしたら、我々がいま戻らないとしても状況は変わらない。

逆に、この予測通りならニューヨークへ戻ることは否応なくこの戦争への介入となる。我々の責任は責任として、少なくともカザン人から直接の仲介を求められるまでは介入すべきではない。

ただ別件にはなりますが、増援はハリソンの意向どおり、拠点に送るべきと考える。今後の調査活動やカザン人との接触は増えることはあっても減ることはない。最終的にカザン人の戦争に介入する必要が生じたとしても、最大限の情報収集は必要なはずだ」

こうした議論を経てアンナ隊長は最終的な決断を下した。

「ニューヨークには当面は戻らない。そして増援は予定通りに送ります」

増援部隊を乗せた降下カプセルは拠点からの地上支援もあり、ピンポイントで着陸した。空力加熱で熱せられたカプセルが冷えるまでに、さまざまな準備が進められた。降下してきた増援は当初予定された一〇〇名から増えた二五〇名で、惑星規模の変動を調査するにはこれでも少ないくらいなのだが、拠点の人間は数倍に増えた計算になる。

ハリソンには蒼井経由で増援部隊のこととニューヨークには当面戻らないことだけは伝えた。戦争のことについてはあえて触れなかった。

非常に悩んだのは東西両陣営の対立と戦争問題について蒼井に質問することだった。この問題について直接的に蒼井に尋ねないことは別に開かれた特別委員会の中で決定していた。蒼井の役割がカザン人と地球人の情報の仲介者であるため、いまここで戦争の概念に触れるような話題は出すべきではないという結論である。

衛星画像が示す動きは、人類の歴史や文化の解釈では戦争としか思えないが、本当にそう結論して良いのか、現状では誰にも断定できない。戦争に見えるが戦争とは別の行為である可能性もあり得た。軌道からのリモートセンシングの限界はあるからだ。

そのためこちらから蒼井を介してカザン人側に戦争の概念や知識を与えかねない質問を行うのは避けるべきと考えられたのだ。だから吉野にできる質問は非常に限られていた。

まず彼は戦争とは無関係な質問をした。

「ナノマシン群はニューヨーク近くの地下空洞まで掘削を進めているようだがなぜなのか？」

その質問に対する蒼井の返答は早かった。

「ナノマシン群は、暴走段階で崩壊させたカザン文明についての知識をほとんど失っています。微《かす》かな情報断片から、地下空洞には大規模都市の地下部分が残っている確率が高い。その残存している地下都市を情報化すれば、ナノマシン群はいま以上にかつての生態系を復元することが可能となります」

「やはり解体してしまうのか」

「解体というよりも情報化です。あと少しで複数の方向からナノマシン群は地下空洞を埋め尽くすことでしょう」

「空洞を埋め尽くす！　そこまで急ぐ必要があるのか？」

蒼井は吉野に不思議そうな表情を見せる。それは彼が大きな見落としをしている時の表情だ。

「急ぐ必要はないけど、老朽化している地下空洞に穴を開けたのだから、急いで内部を砂で埋めないと崩れてしまうでしょ。地下一〇〇メートルなんだから」

「そりゃそうだな」

そこで吉野は本題に入る。

「大陸の東側と西側では植生が異なるように見えるのは何故《なぜ》だろうか？」

できる質問はこの程度だ。これとてスタッフで話し合ってまとめたものなのだ。これも数日前まではわからないという返答だったが、その日は違った。

「ナノマシン群は惑星環境の復活のために実験を続けてきました。そして有望な生態系の形を絞り込みました。次の段階はより優れたものを基礎に惑星規模の生態系として完成させることにあります。現状は仮説の検証段階です」

予想されていたことではあったが、蒼井の返答では二大陣営の対立や戦争に向かいそうな状況については何もわからなかった。ただ二大陣営の対立の背景には、惑星カザンを復活させるために二つの生態系モデルがあり、それを一つにする動きがあるらしい。

蒼井の話と衛星からのデータを比較すれば、どうやら優れた生態系モデルを絞り込むのにカザン人は戦争という手段を選んだと解釈できた。

カザン人同士が戦い、残った勝者の生態系がより優れた生態系であるという理屈は成立しない。それはまったく次元の異なる内容だからだ。

しかし、ナノマシン群が高木の暴力を第一次調査隊の持っていた人類の歴史などから再構築したとすればどうなるか？　人類の歴史の中で、戦争への勝利を民族や体制の優越性の証拠としてきた事例は少なくない。時には軍事的優位でしかないものを根拠に民族浄化が行われたことも一度や二度ではない。

そうしたことを考えたなら、人類の文化的な影響を受けたカザン人が優れた生態系を決めるのに、戦争という手段を用いることは、実はそれほど不思議ではないのかもしれない。というよりもカザン人の生態系と戦争を結びつける態度が不合理なのは、人類の戦争が、その勝敗をもって民族や体制の優劣を語ることと同質の不合理なのだ。彼らの不合理は人類の不合理の投影に過ぎない。

吉野はこうした解析を軌道上の調査船パスカルにも送り、情報共有を行った。ただそれにより進行中の計画が変わることはなかった。降下カプセルからの物資も搬出され、基地機能の拡張工事も始まった。

少ない人数で惑星探査を行うため、シャトルではなく3Dプリンターにより製造された中型の飛行機も降ろされ、組み立てが始まった。今回の荷物で最大のものだ。簡易的な基地機能もあり、一〇人の乗員が二週間程度は居住できる。大陸奥地の調査には不可欠な機材であった。

ニューヨークを挟んでの東西両陣営の動きも緊迫の度合いを強めていた。武器はやはり棍棒であったが、「国境」を挟んで睨《にら》み合うカザン人の数は万を数えようとしていた。事件はそのタイミングで起きた。

警報が響く中、拠点全体を震わすような飛行機の核タービンエンジンの音が響き、急上昇していった。

「警備主任、何が起きた！」

吉野がそれを尋ねるのと施設内エージェントからの報告はほぼ同時だった。

「リー・高木率いるグループがモスキートを勝手に飛ばそうとしたんです。アレックス・カレフ警備主任がそれに気がついて抵抗したので、モスキートは無事です。

しかし、奴らは組み立てたばかりの飛行機を奪取し、ニューヨーク方面に向かっています。カレフ警備主任は高木グループに襲撃され重傷です。命に別状はありません。現在、パスカルのマルク・ベルナール警備班長が指揮をとっています」

「何をするつもりなんだ」

吉野の言葉を質問と解釈したのかエージェントはつげる。

「高木グループは、かねてより彼に同調していた一五名のグループです。加藤とも親密に連絡を取っていました。

彼らの意図は正確には分かりませんが、一部のメンバーはニューヨークを占領し、仲介者として惑星全体を支配するというシナリオを漏らしています」

「惑星の支配だと！」

一体何が起きているのか吉野にも理解できなかった。カザン人の言葉が理解できないのは当たり前として、惑星を支配するという高木グループの発想が理解できない。自分たちは人間の考えも理解できていないのに、カザン人の行動を分析しようとしていたのか。

「なお高木はどこで手に入れたかレーザーガンを持っています。飛行機そのものに武装はありません」

「武装しているのか」

しかし、吉野には高木が一五名の仲間と共に武装して飛行機を奪うというのが理解できなかった。高木は確かに優秀な人間かもしれないが、仲間を集めてリーダーになれるような人間とは思えなかったからだ。

彼が地位を上げられるのは、昇進システムが整っている組織の中であって、自分自身のカリスマ性でリーダーになるタイプではない。

その疑問はすぐに解けた。パーソナルエージェントを通じて、監査員の加藤のメッセージが調査隊全員に届いたからだ。

「このような形で皆様にメッセージを出さねばならないことを残念に思います。

現在、私は巡洋艦オリオンの戦闘モジュール内から皆様にメッセージを送っております。戦闘モジュールはすでにオリオンから分離し、独立した宇宙船として活動していることをまずお伝えいたします」

どうやら高木の暴走は衝動的なものではなく、事前に準備されたものであったらしい。しかし、何をするつもりか？　戦闘モジュール一隻で本気で惑星カザンを支配するというのか？　そもそも何を支配するつもりなのか？

「第二次調査隊を組織し、出発させた出資者団体の利益代表として私が同行しているのは聡《そう》明《めい》なる皆様ならご存じのことでしょう。

然《しか》るに、アンナ隊長をはじめとして、調査隊の責任ある立場の方々は、惑星カザンの資産的価値を少しも理解していただけなかった。

ですが、この状況を看過するようでは小職としても職務怠慢《たいまん》という非難を浴びましょう。

さて、ニューヨーク近傍の地下には、原初カザン人の残した地下都市がある。そこに彼らの図書館やさまざまな芸術品が収蔵されていると考えるのは少しも不自然ではないでしょう。なぜならば彼らは、暴走したナノマシンから逃れるために地下都市に避難した。で、あるならば、そこにはカザン文明で最も価値のあるものが集められていると考えるのが当然でありましょう。

我々にはそれらを管理する権利がある。それは調査隊長も認められた」

加藤の発言にもっとも驚いたのはアンナ隊長だった。

「加藤監査員、私はそのような発言をした覚えはありません」

「直接はなさっていませんが、同じことです。リー・高木氏の暴力事件をお忘れですか？私は隊長権限での裁判が可能ではないかと質した。それに対してあなたは、ハリソンに原告の資格はないと返答された。

つまりハリソンに社会的人格はないという隊長裁定であるわけですから、調査隊としてカザン人を知性体として認めないということになります。

学問的にカザン人という現象がなんであれ、知性体として認知されない以上は、この惑星は無人であり、無人の惑星から滅んだ文明の遺構を管理する権限は人類にあり、第二次調査隊においてはその管理担当は小職の権限となります」

「それは詭弁《きべん》でしょう！」

「詭弁かどうかの判断は我々ではなく、地球に戻って第三者機関の判断に委ねるよりない。それよりこうしている間にもナノマシン群は地下空間の侵蝕《しんしょく》を進めている。故に我々は、小職の正当な権限の行使として、正当な財貨を確保するために、緊急避難的に戦闘モジュールの使用を行っているわけです」

吉野は加藤が高木の件で裁判の話を持ち出しながら、アンナの裁定をあっさり受け入れたことに違和感を覚えていたが、いまその理由が分かった。

加藤にとって裁判などどうでもよかったのだ。彼にとって重要なのは、ハリソンが原告の資格を満たしていないという隊長の判定にこそあったのだ。

「高木グループが飛行機を奪ったのは、監査員の行動と関係があるのか！」

吉野は加藤とアンナの話し合いに割り込む。加藤は高木グループの話に表情を変えない。すでに高木から連絡が行っているのだろう。

「高木博士には専門家としての助力を仰《あお》いでいます。軌道上からレーザーで地下空洞に向かうナノマシン群を焼き払うためには正確な座標を知らねばなりません。高木博士は現地でその支援を行ってくれるのです」

「その支援のためにカレフ警備主任は重傷を負ったのだぞ」

「ですから、緊急避難的な処置です、吉野博士」

状況は手詰まりだった。加藤は「ナノマシン群の暴走が自分たちが確保している文化財を破壊しようとしている」と主張して、戦闘モジュールを乗っ取っている。

しかもアンナ隊長にもオリオンの白鳥《しらとり》艦長にも戦闘モジュールを外部から停止することはできないし、監査員に命令することもできない。

調査船パスカルには武装はないが、巡洋艦オリオンには固有兵装があった。しかし、加藤は巡洋艦の乗員を抱き込んでいたらしく、固有兵装は使えないという。

単純なトラブルで、二時間もあれば修理できるというが、加藤がことをなすためにはそれだけあれば十分だ。

残るは拠点のレーザー光線砲だが、戦闘モジュールを破壊し、乗員を殺戮する権利は誰にもないだろう。行動を阻止するには強力すぎるのだ。

しかし、どうしてこんな厄介な事態になったのか。監査員制度はそもそも、公正な監査を前提とした制度であったのだ。加藤のような行動におよぶもののことなど想定していない。

加藤自身も地球を出立した時、自分が戦闘モジュールを占領するなどとは思ってもいなかっただろう。

「監査員、君の仲間は惑星を手に入れると言っていたそうだが、本気なのか？」

「どこからそのような話が出たのか存じませんが、吉野博士、冷静にお考えください。ナノマシン群に惑星を代表する権限はなく、そうであればこの惑星は無人であり、従って調査隊の我々に管理権限がある。

そしてその中で、惑星上の財産の管理は小職の任務なのです。緊急避難的な荒療治となっておりますが、すべて仕事の枠内です。小職の職域に異存があるとなれば、第三者機関の裁定を仰ぐしかありません」

吉野はそうした考え方を知っていた。加藤の考え方は何世紀も前の植民地主義そのものだ。人類はワープ航法により多くの惑星を植民化してきたが、知性体と遭遇したことが一度もなかったことで、惑星カザンで起きているような問題に直面したことはなかった。

それ故に吉野たちも、漠然と人類は植民地主義を克服したと思っていた。だが違った。人類の植民地主義は克服されたのではなく、顕在化していなかっただけなのだ。

「調査隊の皆さんには我々の行動についてさまざまな意見がおありでしょう。当然です、それが民主主義というものです。

しかし、ここで再度指摘したいのは、我々の活動は合法的ということです。

それにあとちょうど一時間で作業準備が整います。その後の議論はもはや無意味でしょう。

ただ原初カザン人の遺構は守られる」

加藤は自分たちの行動は透明性を確保していると言いたいのか、戦闘モジュールの軌道を表示してきた。エネルギーを確保するためか、戦闘モジュールはエンジンを停止し、楕円《だえん》軌道に乗っている。近点高度は六〇キロ、遠点高度は一〇〇〇キロという、楕円軌道としてはかなりの低軌道だ。

現在位置はニューヨークから見て惑星カザンの裏側を移動中で、遠点を通過後の四三分後にレーザー光線の減衰が低い近点高度に到達する。戦闘モジュールがニューヨーク周辺を攻撃できるのは十数秒間だけで、彼らはその間に作業を終える必要があるわけだ。

高木が地表から座標の支援を行うのは、短時間で正確な攻撃を実現するためだろう。オリオンの固有兵装が直れば戦闘モジュールは投降することになる。しかし、それでも加藤の目的は達成できるのだ。

吉野はすぐにスタッフに命じて、モスキートの準備をさせる。高木らに追いつけるのはこれしかない。そしてアンナにだけこのことを説明する。

「あなたが行ってどうするの？」

「高木グループは不満を抱えるメンバーの暴走で、明確な行動指針はない。彼らではなく高木を説得する。あの男が暴走した理由の一端は私と蒼井にある。つまりは私の責任だ。

機材目録の中で、地中レーダーが高木らに持ち去られている。地中レーダーでナノマシン群による掘削地点を割り出し、それを戦闘モジュールに伝達するのが役目だろう。それが阻止できればレーザー攻撃は阻止できる」

「わかりました。出発を許可します、たぶんあなたに応援は出せないかもしれない。大陸からニューヨークを中心に赤外線反応がある。場合によっては拠点の放棄もあり得ます」

「わかりました。必要ならモスキートでそのまま惑星を離脱します」

モスキートはすぐに準備され、操縦士の前川《まえかわ》と整備士のジャスパーが吉野と行動を共にすることとなった。機体に乗り込もうとした時、蒼井が駆け寄ってきた。

「私も行きます。現場の状況は私といる方がわかると思う」

「頼む」

そうして蒼井もモスキートに乗り込んだ。

「レーダーには反応がありません。すでに着陸したようです。トランスポンダを確認します」

前川が報告するとすぐに反応があった。飛行機はニューヨークではなく、そこを越えた両陣営が対峙する地点に着陸していた。

「高木につながるか？」

「回線は切られてます。このまま進みますか？」

「飛行機がここなら、この地点に着陸してくれ。連中が銃撃してきても、この距離なら安全だ。それに銃火器には仲間の機体を誤射しない安全装置が入ってる。知ってる人間は少ないがな」

目標地点へと飛ぶモスキートの機内で、彼らは信じられない光景を目撃した。

すでにカザン人たちは東西から棍棒をもって横一列に前進していた。その数は一万を超えており地平線まで続いている。カザン人たちはついに接触し、棍棒で殴り合う。力加減というものはないのだろう。多くのカザン人が最初の一撃で倒れ、残ったカザン人は残ったもの同士で殴り合う。そうやってカザン人たちは数を減らしていった。

高木たちはそうした中で、強制着陸させた飛行機から地中レーダーを引き出していた。それは自走式で、人員を乗せて走りながら地下の状況を分析する。

「彼の鼻先を押さえるんだ！」

前川はモスキートを自走する地中レーダーの前に着陸させる。だが高木らはモスキートの手前で反転する。吉野の考えは読まれていたらしい。

だが、予想外のことが起こった。国境で殴り合っていたカザン人たちの波が地中レーダーの方に倒れ込んできたのだ。それは高木らの行動を阻止するためではなく、殴り合いの波が溢《あふ》れ出た結果らしい。

地中レーダーは攻撃地点を特定したのか、そこで停止し、乗り込んでいた人間たちはレーダーから吉野たちのモスキートへと走ってきた。そうしている間にも高木グループの一部はカザン人の中に飲み込まれ、そして殴り合いに巻き込まれる。

唯一、その波から脱出できたのは高木だけだった。レーザーガンを持っているはずだったが、他勢に無勢では無駄と判断したのか、攻撃はせずに彼はひたすら逃げた。

逃げ出した高木をカザン人は追ってこなかった。そうして彼は吉野の前に倒れ込む。

「助けてください！」

吉野は部下だった男の姿に、怒る気力も失《う》せた。

「私の近くにいるなら、安全です」

蒼井はそれでも高木の方を見ていなかった。彼女の視線の先には殺し合うカザン人たちの姿がある。

「そんなに加藤からの資金が欲しかったのか？」

「金の問題じゃない！　カザン人を滅ぼしたかった。レーザーで焼き尽くされ、原初カザン人の遺産を目の前で失う、痛快じゃないか！」

「それがお前の復讐《ふくしゅう》だというのか？」

「もう遅いですよ、班長。データはもう戦闘モジュールに届いている。ほら見えませんか、戦闘モジュールがやってきた！」

気がつけば、あれだけいたカザン人たちの集団は消えていて、二キロほど先に地中レーダーだけが残っている。

「皆さん、いよいよレーザー光線照射が行われます。なんと素晴らしいことでしょうか！」

その場の全員の視界の中に加藤の姿が浮かぶ。戦闘モジュールのレーザー攻撃が開始された。

レーザー光線が命中したのは、地中レーダーが瞬時に蒸発し、爆発したことで分かった。だが戦闘モジュールのレーザー光線は地下に届かなかった。

地表に命中したレーザー光線はナノマシン群によってエネルギーを分散され、吉野らのいる狭いエリアを避けるように、広範囲でナノマシンにエネルギーを分散された。

そして次の瞬間、数十キロ四方に分散したエネルギーは、マイクロ波として軌道上の戦闘モジュール一点に向けて集中する。巨大な反射鏡の焦点では鉄さえも溶けるように、地表という巨大なアンテナからのマイクロ波が集中した戦闘モジュールは軌道上で爆散した。

吉野は蒼井と話した他愛のない会話を思い出す。ナノマシン群は調査船パスカルのレーダー波で彼らの接近を知った。地表全体がアンテナだと。

つまり地表は受信だけでなく、その気になれば送信も可能ということだったのだ。強力なレーザー光線のエネルギーは地表のナノマシン群によりマイクロ波に変換され、戦闘モジュールに送り返された。

レーザー光線攻撃はピンポイントで戦闘モジュールの位置を示していたから、ナノマシン群が標的を外すはずがない。

「ソヨンを殺し、復活させなかったのは奴らなんだ！　どうして奴らは死なないんだ！」

そう叫ぶ高木に対して、声をかけるものがいた。

「そうかしら」

吉野の記憶が確かなら、それはイ・ソヨンの声だった。そして声がする方向には蒼井ともう一人、ソヨンの顔をした人物がいた。

「ソヨン……生きていたのか！」

高木はソヨンの姿に喜ぶのではなく、むしろ怯《おび》えていた。

「生きるの定義次第です。ただこの個体はソヨンの情報を再構築している。ソヨンは凍結受精卵を自分に着床させたりなどしていない。出発の前夜、危険日なのを承知で、高木が強引に関係を迫った。そしてソヨンは妊娠した。

調査船は乗員が低代謝カプセルに入る前に、補給その他のため拠点となる植民惑星にワープする。その時点でソヨンの妊娠が明らかになれば、彼女は第一次調査隊のメンバーから降ろされ、そのキャリアに傷がつく。あなたはソヨンだけがキャリアアップすることが許せなかった。それが事実です。

しかし、ソヨンは自身の医学知識を駆使して、低代謝カプセルの中で妊娠を継続する道を選んだ。彼女の仲間も、彼女のために最大限の支援を行った。

第二次調査隊が惑星カザンに到着した時、軌道上からの探査により、第一次調査隊のメンバーが生存している可能性が出てきた。あなたはだからこそ、真っ先に惑星に降り立ち、ソヨンと接触する必要があったのでしょう。子供の顔が見たかったのか、口封じを考えたのか、そこまではわかりません」

彼女はあくまで淡々と述べる。

「高木、本当なのか」

「嘘だ、どこにそんな証拠がある!」

ソヨンの姿をした女性はつげる。

「ナノマシン群は第二次調査隊の人間と接触することで、意味のわからなかった第一次調査隊から回収したデータを、意味のある情報として再構築してきた。その中にはソヨンが最後の寄港地である植民惑星からあなたに宛てたメッセージがあった。そこにはいま語った内容が記されていた」

高木の表情が青ざめてゆく。

「あなたはハリソンに、ソヨンの情報を求めた。ナノマシン群がすべての情報を開示することで自分のやったことが露呈することを恐れたから。それによりナノマシン群は暴力を知った」

「それがこの一連の騒動を招いたというのか」

吉野がそう尋ねると、ソヨンではなく蒼井が続ける。

「吉野、あなたやその仲間はずっと先入観にとらわれていた。あなた方がカザン人と呼ぶ存在も、生態系さえも、個体ではない。ナノマシン群という巨大な環境の中の一部なのです。

わかりやすく言えば、この惑星には個という意識はなく、惑星全体が一つの意識です。ナノマシン群に覆われた惑星とはそうしたものです。逆に、我々には第二次調査隊の人たちのいう個人とか個体という意味がわからなかった。

ナノマシン群は地球人のような孤立した存在のことがわからなかった。そしてあなた方はナノマシン群を理解しようとする姿勢を常に示した。

そうした態度をナノマシン群は、ある種の共感が成り立っているためと解釈した。しかし、ハリソンへの高木の暴力は、共感あるいは情報共有の成立しない、予測不能の行動があり得ることを示した。

我々は充分な考慮期間を経て、地球人は情報共有がない中で行動予測を行うために、時にそれが暴力という表現型を選択するのだとの結論を得た。暴力を回避するためには、情報共有がない中での共感こそが重要だとも言い換えることができる。

そして我々は惑星カザンを真に復活させるためには、ナノマシン群が意思決定をするのではなく、個々の生物が自立して生きてゆくべきだと判断した。

あなたたちには戦争に見えた行為は、ナノマシン群という一つの意識が、個体という概念を理解するための最後の実験でした。これにより、我々はなすべきことと、あるべき自分たちの姿を決められた。

あと少しで原初カザン人の地下施設にナノマシン群は到達する。そこに何があるのかはわかりません。しかし、原初カザン人の文明を滅ぼしたナノマシン群は、それを解析し、文明を再構築するでしょう」

「それはナノマシン群にとっての贖罪《しょくざい》ということなのか？」

「吉野の質問の意味はわかりません。でも、その意味が理解できた時が、ナノマシン群にとっての一つの到達点でしょう。それがいつになるかはわかりませんけど」

「この戦争は唯一の意識だったナノマシン群が、真の意味で他者を認識するためのものだったのか」

吉野がそういうと、蒼井はかつての妻のように微笑《ほほえ》む。

「私という存在もまた個性や個人を理解するためのものです。いま私は一人の蒼井となりました」

その意味を吉野は理解した気がした。目の前の蒼井は惑星カザンを離れても、自分と共に暮らしてゆくことができる。だが蒼井の理解は吉野以上だった。

「あなたの最愛の人だったら、きっとこう言ったはずです。あなたは私の死を克服して自立すべきだと。そんな吉野悠人《ゆうと》を蒼井は愛し、尊敬していたと」

そして蒼井は妻のように吉野を抱擁した。

「ありがとう」

「ありがとう」

二人は言葉を交わす。

「すぐに宇宙船に戻ってください。拠点にもメッセージを送りました。惑星カザンが再生するために、あと一度、大陸規模の変動があります。本当の意味で無数の独立した生命からなる生態系が生まれるために。

そこでは地球の生態系と惑星カザンの原初生態系の共棲《きょうせい》が試みられるはずです」

「ナノマシン群はどうなる、滅びるのか！」

「いえ、滅びません。ただ生態系の隙間でひっそりと活動するだけです」

前川がモスキートのエンジンを始動させる音がした。だが高木は持っていたレーザーガンをソヨンに向けた。

「高木！」

「吉野、これが彼の選択なの。私たちに容喙《ようかい》はできないわ」

蒼井とソヨンは同時に言う。そして高木はレーザーガンを撃った。レーザー光線はソヨンに命中した。しかし、ナノマシン群が戦闘モジュールを破壊したように、レーザーガンのエネルギーはソヨンの身体で分散され、そして再び一つのビームとして高木に送り返される。高木は上半身が炭化して絶命した。

「さぁ、早く行って」

「君は？」

「私は役目を終えた。でも、いつかまた、桜並木の下で会いたいわ」

蒼井はそう言って、穏やかな表情のまま砂のようにソヨンと共に崩れ落ちた。

「班長、急いで」

ジャスパーが抱えるように吉野をモスキートの機体に押し込み、それは調査船パスカルに向けて離昇してゆく。すでに拠点の降下カプセルやシャトルも離昇位置についていた。

低軌道を進む間、吉野は惑星カザンの変化を目の当たりにする。あれだけあったカザン人たちの都市も、カザン人たちそのものも消えてゆく。そしてそこにはいつか新たな生命が芽吹くのを待つかのように、土地だけが残っていた。

一〇年後・惑星カザン

「吉野先生のようなご高名な文化人類学者がこんな辺境惑星にいらっしゃるとは」

カザン研究所の接待役はそう言って吉野悠人を案内する。

「カザン人たちは増えているのかい?」

「最新の統計では二三万人に達したとか」

「すごいものだな」

吉野は心底、そう思った。

加藤監査員や高木の暴走から始まった一連の騒動の後、第二次調査隊は惑星カザンを引き払い、検疫《けんえき》のために衛星ロスに移動した。

そこで見る惑星カザンの変化は劇的だった。一度は地表全体が砂漠化したものの、地下空洞に到達したナノマシン群は、そこで原初カザン人の遺構と多数遭遇し、そして地表に再び表情が戻る。

最初にロンドンともデザインモチーフが通じる小さな村が砂漠の中に誕生し、復活した原初カザン人が現れ、そして村を囲うように生態系が誕生する。

それらは土着生物が大半だったが、彼らの生態系の穴を埋めるように地球由来の動植物なども繁茂《はんも》し始める。それは地球にもカザンにもない、独自の生態系の誕生だった。

人類はこの状況に、惑星カザンへの植民を断念した。紆余曲折《うよきょくせつ》はあったものの、惑星カザンに原初カザン人が戻ってきた以上、強引な植民は侵略でしかない。それは地球社会の方針として否定されている。

カザン人たちは比較的早期に独自の社会を作り上げ、人類は、惑星のある場所に研究所の設置を認めてもらっていた。

接待役はそうした歴史を話しながら、彼を車に乗せてあちこちを案内する。カザン人の村や工房などである。

「我々が拠点を建設した場所はわかるかな？　できたら行ってみたいのだが」

「分かります。施設らしい施設は何もないんですが、簡単な休憩所はあります。拠点に設置されたレーザー光線砲の残骸も残ってます。あと桜並木も残ってますよ。季節になると一面の桜が綺麗ですよ」

「湖は？」

「あれは生態系が安定化すると同時に、川筋が変わって移動しました。興味深い現象です」

「なるほど」

吉野は休憩所のテーブルについて、接待役の持ってきたコーヒーに手をつける。

「すまないが、しばらく一人にしてくれるかな。思い出に浸《ひた》っていたい」

「分かりました、予報では雨も降りませんし。一時間後にお迎えに参ります」

「ありがとう」

そうして吉野は一人になった。地球でひっそり生活するなら、吉野もまだしばらくは生活を続けていける。しかし、肉体的に一万光年のワープ航行を実行できるのは、もう限界だろう。だからこそ、無理をしてこの惑星にやってきたのだ。それは自分たちがどれだけ分かり合えているかの賭けでもあった。

接待役がいなくなってから程なく、吉野の周囲の桜が満開になる。そよ風に桜の花びらが舞った。

「やっと来てくれたのね」

蒼井がそこにいた。

「いまがその時期だと思ったんだ。結局、僕は自立などできなかったのかもしれない」

「いいえ、自立したからこそ、ここに来る決断ができたの」

蒼井は吉野を抱きしめる。吉野も蒼井を抱擁する。

一時間後に接待役が戻ってきた時、吉野悠人は消えていた。ただ現場には季節外れの桜の花びらと、小さな二つの砂の山だけが残っていた。

本書は書き下ろしです。

著者紹介　1962年、北海道生まれ。95年『大日本帝国欧州電撃作戦』（共著）でデビュー。架空戦記とＳＦ作品の双方で人気を博し、2021年には《星系出雲の兵站》シリーズで第41回日本ＳＦ大賞および第52回星雲賞日本長編部門を受賞した。

惑星カザンの桜

2025年2月28日　初版

著　者　林《はやし》　譲《じょう》　治《じ》

発行所　（株）東京創元社
代表者　渋谷健太郎

162-0814 東京都新宿区新小川町1-5
電　話　03・3268・8231-営業部
03・3268・8201-代　表
ＵＲＬ　https://www.tsogen.co.jp
組　版　キャップス
暁印刷・本間製本

乱丁・落丁本は、ご面倒ですが小社までご送付ください。送料小社負担にてお取替えいたします。

© 林譲治　2025　Printed in Japan

ISBN978-4-488-61711-0　C0193

人類は宇宙で唯一無二の知性ではなかった

The War of the Worlds◆H.G.Wells

宇宙戦争

H・G・ウェルズ
中村 融 訳 創元SF文庫

◆

謎を秘めて妖しく輝く火星に、
ガス状の大爆発が観測された。
これこそは6年後に地球を震撼させる
大事件の前触れだった。
ある晩、人々は夜空を切り裂く流星を目撃する。
だがそれは単なる流星ではなかった。
巨大な穴を穿って落下した物体から現れたのは、
V字形にえぐれた口と巨大なふたつの目、
不気味な触手をもつ奇怪な生物――
想像を絶する火星人の地球侵略がはじまったのだ！
SF史に輝く、大ウェルズの余りにも有名な傑作。
初出誌〈ピアスンズ・マガジン〉の挿絵を再録した。

ヒューゴー賞受賞の傑作三部作、完全新訳

FOUNDATION◆Isaac Asimov

銀河帝国の興亡1　風雲編
銀河帝国の興亡2　怒濤編
銀河帝国の興亡3　回天編

アイザック・アシモフ　鍛治靖子 訳

カバーイラスト＝富安健一郎　創元SF文庫

◆

【ヒューゴー賞受賞シリーズ】 2500万の惑星を擁する銀河帝国に没落の影が兆していた。心理歴史学者ハリ・セルダンは３万年に及ぶ暗黒時代の到来を予見、それを阻止することは不可能だが期間を短縮することはできるとし、銀河のすべてを記す『銀河百科事典』の編纂に着手した。やがて首都を追われた彼は、辺境の星テルミヌスを銀河文明再興の拠点〈ファウンデーション〉とすることを宣した。歴史に名を刻む三部作。

創元SF文庫を代表する歴史的名作シリーズ

MINERVAN EXPERIMENT◆James P. Hogan

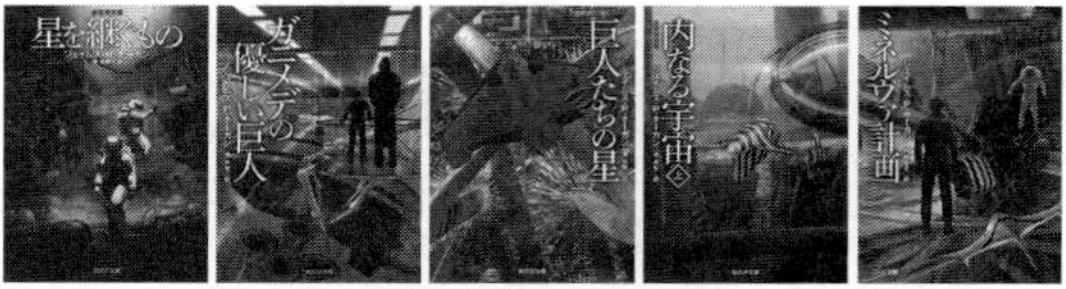

星を継ぐもの
ガニメデの優しい巨人
巨人たちの星
内なる宇宙 上下
ミネルヴァ計画

ジェイムズ・P・ホーガン　池 央耿／内田昌之 訳

カバーイラスト=加藤直之　創元SF文庫

◆

月面で発見された、真紅の宇宙服をまとった死体。それは5万年前に死亡した何者かのものだった！　いったい彼の正体は？　調査チームに招集されたハント博士とダンチェッカー教授らは壮大なる謎に挑む——現代ハードSFの巨匠ジェイムズ・P・ホーガンのデビュー長編『星を継ぐもの』（第12回星雲賞海外長編部門受賞作）に始まる不朽の名作《巨人たちの星》シリーズ。

『ニューロマンサー』を超える7冠制覇

ANCILLARY JUSTICE◆Ann Leckie

叛逆航路

アン・レッキー

赤尾秀子 訳

カバーイラスト＝鈴木康士

創元SF文庫

◆

宇宙戦艦のAIであり、その人格を
4000人の肉体に転写して共有する生体兵器
“属躰《アンシラリー》”を操る存在だった“わたし”。
だが最後の任務中に裏切りに遭い、
艦も大切な人も失ってしまう。
ただひとりの属躰となって生き延びた“わたし”は
復讐を誓い、極寒の辺境惑星に降り立つ……。
デビュー長編にしてヒューゴー賞、ネビュラ賞、
ローカス賞、クラーク賞、英国SF協会賞など
『ニューロマンサー』を超える7冠制覇、
本格宇宙SFのニュー・スタンダード登場！

ローカス賞&英国SF協会賞ダブル受賞作

ANCILLARY SWORD◆Ann Leckie

亡霊星域

アン・レッキー
赤尾秀子 訳
カバーイラスト=鈴木康士
創元SF文庫

◆

ついに内戦が始まった。
かつて宇宙戦艦のAIであり、いまはただ一体の
生体兵器“属躰《アンシラリー》”となったブレクは
艦隊司令官に任じられ、新たな艦で出航する——
大切な人の妹が住む星系を守るために。
乏しい情報に未熟な副官、
誰が敵か味方かもわからない困難な状況ながら、
かつての悲劇をくりかえさないと決意して……。
ヒューゴー賞、ネビュラ賞など7冠制覇の
超話題作『叛逆航路』に続く、
本格宇宙SFのニュー・スタンダード第2弾!

ヒューゴー賞、星雲賞など全13冠シリーズ新作

PROVENANCE◆Ann Leckie

動乱星系

アン・レッキー
赤尾秀子 訳
カバーイラスト＝鈴木康士
創元SF文庫

◆

ラドチ圏から遠く離れた辺境の小星系国家。
有力政治家の娘イングレイは
兄との後継争いにおける大逆転を狙い、
政敵の秘密を握る人物を流刑地から脱走させる。
ところが、引き渡されたのはまったくの別人。
進退窮まったイングレイは、
彼人《かのと》になりすましをさせるという賭けに出る。
だが、次から次へと想定外の事態が展開し、
異星種族をも巻きこむ一触即発の危機に……。
ヒューゴー賞、ネビュラ賞、星雲賞など全13冠の
《叛逆航路》ユニバース、待望の新作登場！

ヒューゴー賞4冠&日本翻訳大賞受賞シリーズ

MURDERBOT DIARIES◆Martha Wells

マーダーボット・ダイアリー 上下
ネットワーク・エフェクト
逃亡テレメトリー
システム・クラッシュ

マーサ・ウェルズ　中原尚哉 訳

カバーイラスト＝安倍吉俊　創元SF文庫

◆

「冷徹な殺人機械のはずなのに、弊機はひどい欠陥品です」
人間が苦手、連続ドラマ大好きな
暴走人型警備ユニット“弊機”の活躍。
ヒューゴー賞４冠&ネビュラ賞２冠&ローカス賞５冠&
日本翻訳大賞受賞の大人気シリーズ！

ローカス賞受賞の魔術的本格宇宙SF

NINEFOX GAMBIT◆Yoon Ha Lee

ナインフォックスの覚醒

ユーン・ハ・リー
赤尾秀子 訳
カバーイラスト＝加藤直之
創元SF文庫

◆

暦に基づき物理法則を超越する科学体系
〈暦法〉を駆使する星間大国〈六連合〉。
この国の若き女性軍人にして数学の天才チェリスは、
史上最悪の反逆者にして稀代の戦略家ジェダオの
精神をその身に憑依させ、艦隊を率いて
鉄壁の〈暦法〉シールドに守られた
巨大宇宙都市要塞の攻略に向かう。
だがその裏には、専制国家の
恐るべき秘密が隠されていた。
ローカス賞受賞、ヒューゴー賞・ネビュラ賞候補の
新鋭が放つ本格宇宙SF！

広大なる星間国家をテーマとした傑作アンソロジー

FEDERATIONS

不死身の戦艦
銀河連邦SF傑作選

J・J・アダムズ 編
佐田千織 他訳
カバーイラスト＝加藤直之
創元SF文庫

◆

広大無比の銀河に版図を広げた
星間国家というコンセプトは、
無数のSF作家の想像力をかき立ててきた。
オースン・スコット・カード、
ロイス・マクマスター・ビジョルド、
ジョージ・R・R・マーティン、
アン・マキャフリー、
ロバート・J・ソウヤー、
アレステア・レナルズ、
アレン・スティール……豪華執筆陣による、
その精華を集めた傑作選が登場。

日本SF史に名を刻む壮大な宇宙叙事詩

Legend of the Galactic Heroes◆Yoshiki Tanaka

銀河英雄伝説
全10巻＋外伝全5巻

田中芳樹

カバーイラスト＝星野之宣

◆

銀河系に一大王朝を築きあげた帝国と、
民主主義を掲げる自由惑星同盟《フリー・プラネッツ》が繰り広げる
飽くなき闘争のなか、
若き帝国の将“常勝の天才”
ラインハルト・フォン・ローエングラムと、
同盟が誇る不世出の軍略家“不敗の魔術師”
ヤン・ウェンリーは相まみえた。
この二人の智将の邂逅が、
のちに銀河系の命運を大きく揺るがすことになる。
日本SF史に名を刻む壮大な宇宙叙事詩、星雲賞受賞作。

創元SF文庫の日本SF

創元SF文庫

星雲賞受賞作シリーズ第一弾

THE ASTRO PILOT#1◆Yuichi Sasamoto

星のパイロット

笹本祐一

◆

宇宙への輸送を民間企業が担う近未来——難関のスペース・スペシャリスト資格を持ちながらもフライトの機会に恵まれずにいた新人宇宙飛行士の羽山美紀は、人手不足のアメリカの零細航空宇宙会社スペース・プランニングに採用された。個性豊かな仲間たちに迎え入れられた美紀は、静止軌道上の放送衛星の点検ミッションに挑むが……。著者の真骨頂たる航空宇宙SFシリーズ開幕！

カバーイラスト＝筑波マサヒロ